클슐랭 가이드

·

모차르트 베토벤 바흐 차이콥스키

일러두기

- 이 책의 음악 용어는 『표준국어대사전』을 기준으로 삼았다.

- 전체 작품명은 《 》로, 그 안에 포함된 개별 곡명은 〈 〉로 구분하여 표기했다.

- 본문 중 별도의 출처를 밝히지 않은 인용문은 저자가 직접 번역한 것이다.

- 본문에 소개된 음악은 유튜브 영상을 중심으로 엄선하였으며, 각 곡은 QR코드를 통해
  감상할 수 있다. 다만 QR코드가 작동하지 않거나 해당 영상이 삭제된 경우에는,
  곡명과 연주자명을 검색하여 감상하기를 권한다.

클슐랭 가이드

•

모차르트 베토벤 바흐 차이콥스키

나와
잘 지내는
시간 08

구름의시간

양경원

안녕하세요, 금난새입니다.

『클슐랭 가이드』는 클래식의 세계로 들어가는 문을 다정하게 열어줍니다. 저자 양경원은 음악, 미술, 무용, 음식과 같은 다양한 감각의 경험을 통해 클래식을 새롭게 들려줍니다. 오랜 시간을 들여 깊이 만나는 음악의 기쁨뿐 아니라, 짧은 순간에도 마음을 환하게 밝혀주는 곡들을 함께 건네줍니다.

이 책을 통해 클래식과 한 걸음 더 가까워지기를 바랍니다. 특히 아직 클래식이 낯선 청소년들에게, 이 책이 음악과 처음 눈을 맞추는 계기가 되었으면 합니다. 그리고 어느 날, 한 곡이 자신의 삶을 조용히 밝혀주는 순간을 만나게 되기를 기대합니다.

클래식은 숲과 같습니다. 들어갈수록 고요해지고, 나올 때마다 조금 더 단단해지는 곳입니다. 그 숲이 당신에게도 오래 머물 수 있는 마음의 안식처가 되고, 클래식이 어느새 삶 곁에 친구처럼 자리 잡기를 바랍니다.

금 난 새

(뉴월드 필하모닉 오케스트라 음악감독, 성남시립예술단 예술총감독·상임지휘자)

음악은 음악 자체로도 좋지만,

다른 이야기와 함께할 때 더 재밌어지는 것 같아요.

그래서 저도 클래식뿐 아니라

탱고, 팝, 재즈까지 다양하게 나누고,

가끔은 직접 노래도 부르곤 합니다.

여러분도 이 책을 통해

그런 즐거움을 자연스럽게 느끼길 바라며,

음악과 더 가까워지는 시간이 되길 바랍니다.

대니 구 (바이올리니스트)

새로운 나의 자리로

바이올린 연주자로서 나는 오랜 시간 긴장과 경쟁 속에 놓여 있었다. 무대 위에서는 늘 완벽을 요구받았고, 무대 아래에서는 더 나은 내가 되기 위해 쉼 없이 자신을 다그쳐야 했다. 그 긴장감은 지금도 꿈에서 되살아나곤 한다. 그래서일까. 경쟁의 한복판에 서 있는 학생이나 직장인들을 보면 남의 일처럼 느껴지지 않는다. 지치고, 불안하고, 자신을 스스로 몰아붙이면서도 멈추지 못하는 그 마음. 나 역시 오래도록 그 안에 있었으니까.

최근에는 그런 사람들이 숏폼 영상에 점점 더 몰입하고 있다는 이야기를 듣는다. 잠시도 멈추지 못하고 계속

해서 무언가를 본다는 것. 혹시 쉬는 것조차 죄책감으로 느끼기 때문은 아닐까. 나 역시 그랬으니까.

클래식음악이 내게 쉼이 되기 시작한 건, 연주자가 아니라 음악 PD이자 칼럼니스트로 중심을 옮기고 나서였다. 그제야 음악은 '연습'이 아니라 '감상'이 되었고, 나는 선율 안에서 비로소 조용히 숨 쉴 수 있게 되었다. 이 책은 그 경험에서 시작되었다.

클래식에 익숙하지 않은 사람들도 음악을 통해 잠시 쉬어가며 '쉰다'는 감각을 회복하길 바라는 마음으로 이 책을 구성했다. 모차르트, 베토벤, 바흐, 차이콥스키의 대표곡을 중심으로 구성한 것도 이 때문이다. 클래식 공부가 아닌 질 좋은 휴식이 되길 바라기에.
온라인 세상이 끊임없이 권하는 도파민의 흐름 속에서 먼저 모차르트로 마음을 가볍게 풀어낸 뒤, 베토벤으로 의지와 열정을 다지고, 바흐로 내면의 균형을 되찾아, 차이콥스키로 언젠가 피어날 순간을 조용히 기다리게 되기를 바랐다.

클래식음악의 경험은 쌓일수록 깊어진다. 그리고 그 경험은 결국 나만의 순간으로 돌아온다. 나는 음악을 전공하고, 음악가를 인터뷰하며, 방송에서 클래식을 선곡하고, 해마다 수십 회의 공연을 직접 찾아다니며 이 세계를 경험해 왔다. 미슐랭의 평가원처럼 비밀스럽지는 않았지만, 나름의 기준과 감각으로 음악을 만나왔다. 이 책에 담긴 추천이 완전하지는 않을 것이다. 어쩌면 어떤 선택은 당신과 다르게 느껴질 수도 있다. 하지만 괜찮다. 이 책은 정답이 아니라, 출발점이기 때문이다.

어느 날 고양이를 보다가 문득 깨달았다. '쉰다는 건 이런 것이구나.' 고양이가 자기 삶을 누리듯 감정을 자극하기보다, 삶을 정돈해 주는 클래식. 그리고 다시, 쿨하게 나의 자리로 돌아올 수 있게 하는 음악. 이런 마음으로 클래식 가이드를 하고자 책의 제목을 '클슐랭 가이드'라 붙였다.

이 책이 당신에게도 자신만의 자리로 돌아오는 하나의 계기가 되기를 바란다.

목 차

I 나를 위한 봄 모차르트

II 나를 위한 여름 베토벤

III 나를 위한 가을 바흐

IV 나를 위한 겨울 차이콥스키

I 나를 위한 봄 모차르트

모차르트의 음악은 봄을 닮았다. 겨울의 끝에서 얼음이 녹아내리듯 그의 선율은 맑게 스며들어 마음을 가볍게 풀어준다.
그 맑음은 아무것도 몰라서가 아니라, 모든 것을 지나온 뒤에야 선택할 수 있는 투명한 순정에 가깝다. 스스로가 못나게 느껴지는 날이면, 나는 이 음악 안에 조용히 잠겨 나를 씻어내고, 다시 시작할 작은 용기를 건져 올린다.

볼프강 아마데우스 모차르트(Wolfgang Amadeus Mozart, 1756~1791)

서양 음악사에 남겨진 모차르트의 작품은 그의 천재성이 반박 불가라고 이야기한
다. 첫 작곡은 다섯 살이 되기도 전이었고, 여섯 살에 하프시코드로 즉흥 푸가를 연
주할 수 있었다. 여덟 살에는 교향곡, 열한 살에는 오라토리오, 열두 살에는 오페라
를 작곡하기 시작했다. 역사 속의 인물로 보면 마리 앙투아네트(1755년생)보다 한
살 어리고, 앙투아네트의 어머니 마리아 테레지아 여제 앞에서 연주한 기록이 있다.
35년의 짧은 생애였으나 모차르트의 작품이 없다면 세계의 클래식 공연장 운영이
어려울 정도로 사랑받는 작품을 많이 남겼다.

에센스, 서양음악

〈변주곡〉 반짝반짝 작은 별

세상에 서양음악 단 한 곡만 남겨야 한다면, 나는 주저 없이 모차르트의 〈반짝반짝 작은 별 변주곡〉(K. 265)● 을 고를 것 같다. 프랑스 민요 선율을 바탕으로 한 이 곡은 단순하고도 깊고 아름다워 남녀노소 누구나 그 사랑스러움에 미소 짓게 만든다.

별빛처럼 맑고 단정한 선율이 차분히 흐르다 변주마다 옷을 갈아입는 것도 같다. 깃털처럼 가벼운 리듬이 하

● K. 265 의 K는 모차르트 작품에 매겨진 쾨헬(Köchel) 번호를 뜻한다. 루트비히 폰 쾨헬이 모차르트의 작품을 연대순으로 정리한 목록에서 왔다.

얀 눈송이로 흩날리고, 샴페인 거품처럼 튀는 음들은 얼어붙은 맨해튼의 공기를 깨뜨린다. 느릿한 변주는 강가의 얼음 밑에서 은밀하게 흐르는 물소리 같고, 화려한 변주는 겨울밤의 크리스마스 조명이 한꺼번에 켜지는 순간 같다.

이 곡이 내 삶에 새겨진 건 인생의 가장 추운 겨울날이었다. 이별의 상처를 안고 도착한 뉴욕 맨해튼은 유난히 차가웠다. 새벽이면 눈 덮인 거리가 바삭하게 얼어붙어 발자국마다 '끼익' 하고 울 정도였다. 찬 공기 속엔 눈과 석유난로 냄새가 섞여 있었고 햇빛은 낮게 깔려 길고 날카로운 그림자를 드리웠다.

이모님 댁 손님방. 부엌을 지나야 닿는 작은 공간에서 나는 매일 울었다. 좋아하던 화장도 하지 않고 어두운 옷만 번갈아 입으며, 하루의 숙제처럼 몇 시간씩 울었다. 뉴욕에 살던 친구는 말했다. "나도 몇 번이나 지하철에 뛰어들고 싶었어." 그랬지만 그러지 않고 살아냈다는 메시지를 전할 정도로 내 모습은 위태로웠나 보다.

그러다 우연히 집에 있던 영어 의학 잡지를 펼쳤는데, 마지막 페이지의 한 칼럼이 눈에 들어왔다. 어떤 의사가 쓴 글이었다. "사람들은 손을 씻으며 '반짝반짝 작은 별, 아름답게 비치네' 정도까지만 부르지만, 노래가 끝날 때까지 씻어야 한다."고…. 그 순간, 어쩐지 웃음이 났다. 그리고 그날부터 지금까지 나는 손을 씻을 때마다 속으로 그 멜로디를 부르게 되어버렸다. 이런, 하루 세 번 이상 불러도 전혀 질리지가 않는다!

그 시절, 이모는 이렇게 말했다. "사람마다 자루 속에 흰 공과 까만 공이 같은 수로 들어 있어서 까만 공이 안 좋은 일, 흰 공이 좋은 일이라고 하면 지금은 까만 공이 나왔지만 언젠가는 흰 공이 많이 나올 거다." 믿음 반 의심 반이었지만, 그 말은 지금까지도 내게 희망이 된다.

모차르트의 〈반짝반짝 작은 별 변주곡〉은 단순한 동요를 천 개의 표정을 지닌 별처럼 빛나게 만드는 것 같다. 선율의 순진무구함 속에 숨은 기교의 찬란함, 그 밑에 깔린 감정의 깊이가 한 곡 안에서 완벽하게 어우러진다. 어떤 외계인이 이 음악 하나로 지구 문명을 판단한다 해도, 나는 부끄럽지 않을 것 같다.

'서쪽 하늘에서도, 동쪽 하늘에서도, 반짝반짝 작은 별, 아름답게 비치네'까지 손을 씻으면, 어쩌면 마음까지 씻길지도 모르겠다.

오페라, 그리고 판소리

오페라 〈마술피리〉 서곡

오페라는 내게도 참 어려운 장르인 것 같다. 이유가 뭘까 생각해 봤는데, 결국 한국 태생이어서인 듯하다. 탯줄로 연결된 나와 한국 문화.

내가 한국인이란 것에는 자부심을 느낀다. 2020년대, 지금, 세계적으로 한국이 '힙하다'고 해주니 내 기분도 좋다. 하지만 오페라를 이해하기엔 불리하다.

좀 다른 이야긴데, 난 판소리를 엄청 높게 평가한다. 아직까지는 크게 주목받는 사건이 없었지만 한번 눈길이 간다면 세상에서 제일 쿨한 예술로 인정받을 거라고 생각한다. 서양 문화의 관점에서 보면 한 사람이 이루어 내는 오페라라는 건데, 쿨한 포인트가 너무도 많다.

멍석 한 장을 딱 깔면 그곳이 무대이다. 4시간 넘는 전곡을, 전수받은 딱 한 명이 오르는데, 남자도 여자도 가능하다. 이 단 한 명이 남자 주인공, 여자 주인공, 남녀 조연, 〈적벽가〉 같은 경우는 몇만 대군의 모습까지 노래로 자유자재로 변한다. 무대 미술? 우리에겐 부채가 있다! 부채를 들고 있거나 펼치거나 흔들기만 하면, 순식간에 그곳은 집이 되고 관아도 되며 전쟁터나 첫날밤의 안방도 된다.

이건 관객이 예술가만큼 능동적으로 상상력을 쓰기 때문이다. 생텍쥐페리의 '어린 왕자'가 어른들이 모자라고 생각하는 그림에서 코끼리를 삼킨 보아 뱀을 보아낸 것과 꼭 같이 '여기는 춘향이 갇힌 옥입니다' 하면 무대 위 가수와 고수만이 아니라, 목에 쓰는 긴 칼을 찬 춘향이를 그려내는, 억울하게 옥에 갇힌 춘향이를 안타까워하는 마음의 눈이 밝은 관객이 필요하다. 관객이 '얼씨구', '좋다' 하고 추임새를 넣으면 잠깐 동안 관객도

극의 일원이 된다.

이런 놀이판. 우리에겐 친숙하지만 서양 사람들은 신발을 벗고 방석에 앉기 전에 이 모든 세팅을 학습해야 할 것이다.•••마찬가지로 서양 오페라를 볼 때 그들의 문화적 배경에 대한 공부가 필요하다. 우리나라 사람이라면 〈심청가〉 내용을 따로 설명 들을 필요가 없듯, 기본적인 전설이나 왕 이야기는 관객이 이미 알고 있다고 생각하고 설명이 생략되는 경우도 많다. 그래서 오페라를 보려면 한국 태생으로는 많은 공부가 필요하다.

이런 공부 없이도 조금은 편한 맘으로 볼 수 있는 오페라가 모차르트의 〈마술피리〉이다. 물론 〈마술피리〉 또한 독일의 전래동화, 민요, 혁명과의 관계, 프리메이슨까지 필요한 배경지식은 많다. 중요한 건, 그

•   판소리 공연이 종종 열리는 서울 국립국악원 풍류사랑방은 신발을 벗고 입장하게 되어 있다.
•• 한국의 리듬을 느껴보기 좋은 중간 단계의 곡으로 조수미가 부른 〈새타령〉을 추천한다.

런 걸 알아야만 재미를 느낄 수 있는 오페라가 있고, 모르는 상태로 보아도 괜찮은 오페라가 있다면 〈마술피리〉는 후자라는 거다. 어디선가 들어본 듯한 노래도 몇몇 섞여 있다.

〈마술피리〉는 서곡부터 관객의 마음을 사로잡는다. 바이올린 파트가 연주하는 주제가 p(피아노, 작게)였다가 갑자기 f(포르테, 크게)로 커지며 정신없이 몰아치는데, 팅커벨 같은 요정의 꼬리를 잡고 이세계異世界로 후루룩 빨려 들어가는 느낌이다. 그야말로, 마술의 세계로.

궁금증 하나. 〈마술피리〉 속에 비밀결사대 프리메이슨의 의식들이 거의 그대로 표현되어 있다는데, 진짜일까?

모차르트, 오페라 〈마술피리〉 서곡
지휘 헤르베르트 폰 카라얀, 베를린 필하모닉

조두남, 〈새타령〉
지휘 금난새, 코리안심포니오케스트라
조수미(Sop)

너는 더 이상 내 딸이 아니다

〈밤의 여왕〉 아리아

내 가슴은 지옥의 복수심으로 끓어오른다
죽음과 절망이 내 주위에 불타오르네
너로 인해 자라스트로가 죽지 않는다면
너는 더 이상 내 딸이 아니다!

(……)

모든 자연의 질서가 파괴될 것이다
너로 인해 자라스트로가 죽지 않는다면
들어라 복수의 여신이여
이 어미의 맹세를

〈밤의 여왕〉 아리아의 가사이다. 소프라노 조수미의 장기長技로도 유명하고, 아주 높은 음역의 멜로디로 가끔은 코미디 소재가 되기도 하는.

모두에게 어머니가 있다. 생모生母. 생모가 '너는 더 이상 내 딸/아들이 아니다'라고 말하는 건, 전 인류가 공감할 수 있는 공포의 근원이 아닐까? 실제로도 흔하게 쓰이는 전략(?)이긴 하지만.

서른 정도에 처음 홍콩에서 외국살이를 시작했는데, 흥미로웠던 포인트 중 하나가 세계 어머니의 혼내는 방법이었다. "너 이렇게 말 안 들으면 두고 간다! 진짜 여기 두고 갈 거야!" 서양 엄마나 홍콩 엄마도 한국 엄마들과 똑같이 말한다. 말도 제대로 못하는 아이가 깜짝 놀라며 순응하는 모습도 똑같다. 나중에 뉴욕에서 본 미국 엄마들도 비슷했다. "너 이것 잘했어, 잘못했어? 이러면 돼, 안 돼?" 이런 표현도 똑같았고. 이런 무서운 캐릭터 연기 없이는 -오은영 선생님은 싫어하실 것 같지만- 아기들이 생존 능력을 배울 수가 없는 것인지.

정신분석을 비판 아니, 프로이트 정신분석을 비판하는 사람들은 '이게 다 엄마 때문이다'라는 식의 판단을 문제 삼기도 한다. 그런 맥락에서 오은영 선생님을 비판하는 글도 본 적이 있다. 말하자면, '아이의 문제적 성격/행동 원인을 (거의 전부) 양육 과정에서 찾기 시작하면 결국에는 (나름대로 주어진 상황에서 최선을 다한) 어머니 비판이 된다'는 거였다. 일리 있다.

예를 들면 이런 거다. 오은영 선생님이 출연한 〈금쪽같은 내 새끼〉 프로그램이 방송을 시작했을 때, 내 주변 '어른 친구'들도 소감을 말해준 적이 많았다. 어머니의 헌신이 있었고 나름 성공해서 매끄럽게 자립한 삶을 꾸려가고 있는데도, 유치원 때 어머니가 내린 결정이 자신의 삶을 얼마나 바꿨는지 마음에 담아놓고 있었다. 주로 '이러저러했으면 더 좋았을 텐데 아쉽다'라는 식으로.

키운 공이 허망하다! 이런 허망함까지 감내하는 존재, 부모. 난 아이가 없지만 세상의 부모님들을 존경할 수밖에 없다. 한 생명체의 일생을 탄생시키는 것뿐 아니라 끝까지 책임을 지려는 숭고한 결단, 거기에 포함된 신체조건, 낙관주의, 재무계획 그 모든 것이 존경스럽다. "난 본능에 따른 것일 뿐."이라고 말하는 사람이 있다면, 본능에 따르고 싶어도 못하는 사람들도 많다, 그러니 내 칭찬을 받아라, 라고 하고 싶다. 필력과 교육력, 예측력 모두 뛰어난 최재천 교수님도 말씀하셨다. 어떤 생물이 주어진 환경에 잘 적응했는지는 생식으로 알 수 있다고.

다들 잘 적응하셨고, 앞으로도 잘 적응해 주세요.

모차르트, 오페라 <마술피리>
지휘 게오르그 솔티, 빈 필하모닉, 조수미(Sop)

나는 고양이로소이다

〈작은 밤의 음악〉 1악장

이 선율을 아시려나요?

가장 유명한 음악 영화 속 가장 유명한 선율이라고 말해도 과장이 아닐 테다. 영화 〈아마데우스〉. 작곡가 모차르트의 일생을 그린 이 영화에서 2인자이자 질투의 화신으로 그려지는 작곡가 살리에리가 노년에 들어 모차르트를 회상하면서 부르는 주제이다.

한 번 들으면 절대 잊을 수 없는 이런 멜로디를 짧은 생애 동안 수없이 만들어낸 작곡가가 모차르트이고, 이 선율들은 인류의 문화유산이 되었다. 〈아마데우스〉의 영화음악은 바로크 음악에 정통한 네빌 마리너 경이 맡아서 더욱 영롱하다. 지금 보아도 구성과 음악이 뛰어나고 궁정의 모습이나 의상도 고증이 잘되어 있다. 다만 살리에리가 모차르트를 실제로 괴롭히고 죽음에까지 이르게 했다는 이야기는 과장되어 있다는 것이 중론이다. 당시의 살리에리는 엄청 성공한 음악가여서 모차르트에 연연하지 않았을 거라 한다.

〈아이네 클라이네 나흐트무지크 Eine kleine Nachtmusik-작은 밤의 음악〉이 위 곡의 제목이다. 한 음 한 음이 보석같이 빛나는 이 음악을 듣다 보면, 과연 배움만으로 이런 경지에 도달할 수 있는 것인지 하는 의문이 자연스럽게 생겨난다. 모차르트 작품에서 반박하기 어려운 천재성이 느껴지기 때문에, 영화의 원작이 된 푸시킨의 희곡 『모차르트와 살리에리』에서도 모차르트의 음악은 신이 모차르트에게만 허락한 것으로 그려진 것일 테다. '살리에리'로 상징되는 범인凡人은 그저 바라볼 수밖에 없는.

가끔 모차르트의 음악을 멀리하게 되기도 하는데, 그 이유는 듣다 보면 너무 아름다워서 가슴이 아프기 때문이다. 아름답지만 동시에 위태롭다. 언제 어떻게 될지 모르는 음악의 여린 모습이 안타까움을 자아낸다. 이 느낌을 나쓰메 소세키의 문장에 대구對句시켜 볼 수도 있겠다. 나는 고양이도 좋아하고, 무엇보다 소세키에 경도傾倒 되었으니까.

나는 고양이다. 이름은 아직 없다.

마치 '작은 밤의 음악' 첫 선율과 같은 아름다운 문장. 『나는 고양이로소이다』의 첫 문장이다.

어디서 태어났는지도 확실히 알 수 없다… 모든 게 희미하고 어두운 곳에서 나옹나옹 울던 것만은 기억하고 있다. 나는 거기서 인간이라는 것을 보았다… 그의 손바닥에 실려 올라갈 때 왠지 푹신한 느낌만 있었을 뿐이다.

모차르트가 다른 작곡가와 같은 음표와 쉼표를 종이에 그려나갔듯이, 하나하나의 단어나 빈칸은 다른 작가가 쓰는 재료와 똑같은 것인데, 어쩌면 이렇게 다를까?

1915년 아사히 신문에 연재한 글, 소세키 자신의 병세를 생각하면서 쓴 글에도 생에 대한 통찰이 담겨 있다. 병들었는지 아직 모른다고 해도, 자신의 내면을 볼 수 없다고 해도, 얼마든지 잠복된 것은 있을 수 있다고. 자신이 꿈결에 만든 폭탄을 제각각 품은 것이나 마찬가지라고. 다만 모르기에 행복한 것이라고.

내가 폭탄을 품고 있다니, 그런 생각 한 번도 해본 적이 없지만 이 글을 통하면 생의 본질의 한가운데 들게 된다. 나의 행복이 그런 것이었나 자각하게 된다. 그리고 예를 들면 모차르트의 음악이 고양이같이 부드럽기만 하여도, 이미 돌이킬 수 없는 소멸과 슬픔이 시작되어 버렸다는 사실을 담고 있다는 걸 깨닫게 된다. 그 아름다움이 담긴 그릇은 당신의 눈앞에서, 이미 소멸하고 있다.

모차르트, <작은 밤의 음악>
콘세르트헤바우 실내악단

예민한 예술가의 세상살이

〈교향곡 40번〉 1악장

"저, CD가 튀고 있어요."

CD로 음악을 틀던 시절, 친구와 패밀리 레스토랑에 갔다가 종업원에게 조심스럽게 알려주었다.

"아, 그래요?"

튀던 음악은 금방 다른 곡으로 바뀌었다.

바빠 보이는 종업원에게 요청하는 게 미안했지만 아무도 의식하지 못한 채 "방, 방, 방…." 하고 같은 소음을 내고 있는 배경음악을 참기 어려웠다. 마침 미술을 전공한 친구와 함께였는데, 그 친구는 말했다.

"네가 이야기하기 전까지 음악이 나오고 있는 줄도 몰

랐다."라고.

음악을 전공해서 그런지 각종 소리에 예민하다. 큰 음량에도, 음정이 맞지 않는 소리에도 예민하고.

바이올린에서는 음정이 정말 중요하다. 높은음부터 '미-라-레-솔' 이렇게 악기의 음정을 맞추는데, 대충 맞추면 안 되고 활로 두 줄을 함께 그을 때 공명이 되도록 음정이 맞아야 한다. 이 조율이 잘되어 있어야 이후에 하는 연습들이 의미가 있다. 음정이 맞지 않는 줄로는 소용없다.

'음정 맞추기'는 바이올린을 오래 한다고 해서 결코 쉬워지지 않는다. 연습할 때 항상 주의를 기울여야 하고, 학년이 올라갈수록 더 정확해져야 한다. 연습을 쉬면 음정도 전체적으로 흔들린다. 손가락도 기계처럼 계속 같은 곳으로 가게끔 신체 기억을 유지해 주어야 한다. 귀와 손가락을 동시에 쓰면서 기술적인 기본을 다져야 그 토대에 아름다운 이야기나 슬프고 기쁜 음악을 표현할 자격이 생기는 셈이다.

이렇게 컸으니 가요를 부르는 가수를 볼 때도 기대치가 높다. 오디션 프로그램에서 음정의 정확성을 강조하는 박진영 님 같은 심사위원이 있으면 '잘한다' 응원하게 된다. 서양음악에 뿌리를 둔 팝 음악이니 음정, 박자를 기본으로 잘 맞춰주었으면 하는 바람이다.

이런 섬세한 훈련 때문에 괜히 성격만 까다로워졌나 싶을 때도 많다. 그럼에도 이렇게 어릴 때부터 '예민쟁이'로 키워지는 것에 어떤 장점이 있냐 하면, 음정이 좋을 때 아주 기분이 좋아진다. 클래식하게 구조가 잘 잡힌 곡을 들을 때 쾌감을 느낄 수 있다. 이런 곡에 촌스럽지 않은 희로애락까지 담겨 있으면 '매우 행복하다' 경지에 오를 수 있다. 요리사는 손님보다 재료나 간에 대해 예민할 테고, 어떤 요리가 잘 만들어졌을 때에는 더 세세하게 그 훌륭함을 미각으로 느낄 수 있을 게 분명하다. 최고를 감각하려면 훈련이 필요하다.

〈교향곡 40번〉은 모차르트 교향곡 중에서도 후기의 작품으로 교향곡 최고의 경지를 보여준다. 첫 소절 바이올린의 노래가 나조차 관심 두지 않았던 나의 슬픔을 눈앞에 불쑥 내민다. 이리저리 달리며 참았던 한숨, 바쁜 생활 속에 덮어두었던 추억, 비를 보며 흘리고 싶던 눈물, 이 곡을 들으면서는 가슴에서 조용히 꺼내놓게 된다. G단조의 가슴 아픈 선율에 깊이 빠져든다.

이 곡을 들으며, 악보를 보며, 사람이 이 정도로 완벽성을 이뤄낼 수가 있구나 느끼는 것으로 예민한 성격에서 오는 불편감은 감수하려 한다. 노트북으로 작업 중인 이 순간, 카페 안의 각종 소리 - 배달 파트너가 출발했어요.- 역시 참기 힘들지만, 이 또한 어쩌면 축복일지도.

모차르트, <교향곡 40번> 1악장
지휘 요엘 레비, KBS 교향악단

비가 많이 오는 잘츠부르크

〈피아노 협주곡 23번〉 2악장

멀리서 들려오는 북소리에 이끌려

나는 긴 여행을 떠났다.

낡은 외투를 입고

모든 것을 뒤로한 채…

무라카미 하루키의 여행기 『먼 북소리』는 이렇게 시작된다. 꽤 오래전에 나온 책이지만, 나는 지금도 가끔 꺼내 읽곤 한다. 로마를 거점 삼아 유럽 곳곳을 여행하며 일상의 풍경을 기록하는 소설가의 생활은 당시 유난히 매력적으로 다가왔다.

머릿속을 웅웅거리며 돌아다니는 벌의 채근을 견디다 못해 떠나는 하루키. AI로는 흉내 낼 수 없는, 몸으로 겪는 여행. 로마-아테네-미코노스-시실리-헬싱키-토스카나-잘츠부르크로 이어지는 여정에서 작가는 시장의 생선, 민박집 고양이, 그날 만난 사람 이야기를 풀어놓는다. 멀리서 온 이야기인데도 독자 곁에 바짝 다가와 쿡쿡 웃게도 만든다.

하루키의 에세이에는 늘 음악이 흐른다. 어떤 도시에 가면 반드시 오페라 극장이나 연주회를 찾는다. 같은 연주자의 같은 곡이라도 도시, 극장, 악기에 따라 소리가 달라지고 관객의 분위기에 따라서도 연주는 달라진다. 하루키는 그날의 관객, 반응, 심지어 의자의 딱딱함까지 기록해 나간다. 음악회에서 관객이 얼마나 중요한지 잘 아는 사람.

이 책에서 유난히 마음에 남은 표현이 있다. 바로 "비가 많기로 유명한 잘츠부르크." 모차르트의 고향이자 음악 축제로 유명한 이 도시는 평소엔 조용하지만 축제 때면 전 세계 클래식 팬이 몰려든다. 하루키는 이곳에서 루돌프 부흐빈더의 피아노 독주, 프란체스카나 교회의 오르간·플루트·오보에 연주를 듣게 된다. 부흐빈더의 연주를 들으면서는 글랜 굴드나 발레리 아파나시예프의 베토벤 해석과 어떻게 다른지 떠올려보기도 하고, 박수가 요란했던 장내 분위기를 전하기도 한다. 공연 후 맥주와 소시지를 먹고 호텔로 돌아가는데, 나까지 그의 발걸음을 함께 따라가게 만든다.

잘츠부르크 하면 모차르트, 모차르트 하면 잘츠부르크. 그리고 비. 나는 모차르트 곡 중에서 비와 가장 잘 어울리는 음악으로 〈피아노 협주곡 23번〉 2악장을 꼽고 싶다. 너무 발랄하지도, 지나치게 튀지도 않아 빗소리를 방해하지 않을 것이다. 하루키 소설 속, 잔디밭 위에 안개처럼 내려앉는 비 장면에도 어울릴 것 같다. 감상에 젖고 싶지만 너무 깊이 가라앉고 싶지 않을 때 듣기 좋은 악장이다.

눈물의 그날, 바로 그날

〈라크리모사〉

비장미.

핸드폰이 생겨난 시대에 거의 절멸해 버린 아름다움.

모두가 모든 것을 촬영해서 업로드. 모든 것을 모두와
공유하는 이 시대에는 비장함을 느끼기조차 어려운 것
같다. 10여 년 전 인터넷에 '지구 멸망 2초 전'이라는 제
목으로 하늘에서 불덩어리가 쏟아지는 것을 모두가 핸
드폰을 들고 촬영하는 그림이 돌아다녔는데, 그날이
정말 현실이 되고 말았다. 전쟁 상황도, 자연재해도, 전
염병도, 모든 것이 영상으로 공유되는 세상. 유튜브에
나의 삶을 올리는 일도 흔해져서, 이런 것까지 올려도

괜찮을까. 내가 괜히 걱정하게 되는 사적인 내용의 브이로그도 많다.

댓글. 댓글도 비장미와는 거리가 있다. 어떤 병이라도, 어떤 어려운 일이라도, 어떤 정치적인 문제도 "님, 왜 이럼?"이런 댓글 하나면 아주 가볍고 유치한 문제로 낙하한다. 고요한 성당에 울려 퍼지는 "카톡." 소리나 사자死者의 영혼을 달래는 레퀴엠 연주 중에도 튀어나올 수 있는 "이 곡을 찾을 수 없습니다." 하는 인공지능의 목소리···. 우린 우리의 비장함을 방해하는 기술들과 함께 살아가는 중이다.

그럼에도 불구하고.

죽음이 있는 한 우리는 여전히 비장해질 수 있다. 혹은 비장할 수밖에 없다. 슬픔과 비극 속에서도 씩씩하게, 담대하게 싸우는 그 순간. 옛날 옛적 장군의 이미지랄 까. 이미 상처를 입었고 피를 흘리면서도 싸운다. 사면 초가의 상황에서 적군이 달려들고 장군은 칼을 휘두르 며 맞서 싸운다. 이런 장면이라면 레퀴엠이 잘 어울리지 않을까. "내 죽음을 적에게 알리지 말라."라고 말하는 비장미. 이미 죽었지만 관에 누워서까지도 대의를 놓지 않는 무거운 책임감. 나의 삶과 죽음이 중요한 의미를 가지며, 그러므로 지혜롭게 결정하고 처신해야 한다는 태도.

레퀴엠은 죽어가는 자가 아니라 이미 죽은 영혼을 위한 작품이지만 산 자와 죽은 자 모두에게 큰 울림을 주는 것 같다. 레퀴엠 세퀜티아 부분의 가사는 이러하다.

세퀜티아Sequentia 중 라크리모사Lacrimosa

Lacrimosa dies illa

눈물의 그날, 바로 그날

Qua resurget ex favilla

티끌로부터 부활하여

Judicandus homo reus

죄인은 심판을 받을 그날

Huic ergo parce, Deus:

하오니 그 사람을 어여삐 여기소서, 하느님

Pie Jesu Domine,

자비로우신 주 예수여,

Dona eis requiem. Amen.

그들에게 안식을 주소서. 아멘.

죽음의 강을 건너며 신에게 간구하는 비장한 아름다움. 와병 중에도 손에서 핸드폰을 놓지 못하고, 환자복을 입고도 셀피를 찍을까 고민하는 21세기 현생인류에게 모차르트는 "잠시만 내려놓고 안식을 찾으렴."이라고 한다.

모차르트, <라크리모사>
지휘 제임스 게피건, 국립 프랑스 오케스트라, 라디오 프랑스
합창단 (22:49~25:34)

기쁨 슬픔 아름다운 마음

〈두 대의 피아노를 위한 소나타 D장조〉 1악장

이보다 더 좋은 것은 없어. 흐린 날도 화창한 날도 시린 날도
끼우고 나면 다 퍼즐이 될 거야[•]

클래식 음악사에는 대표적인 '현실 남매'라 할 만한 인
물들이 있다. 모차르트와 그의 누나 난네를, 멘델스존
과 그의 누나 파니이다. 특히 모차르트는 누나와의 연
주여행을 위해 둘이 함께 연주할 수 있는 피아노곡을
여럿 작곡했는데 이는 후대 작곡가들에게도 많은 영감
을 주었다. 한 피아노에 두 명이 앉아서 연주하는 (그러

[•]   AKMU, 〈기쁨, 슬픔, 아름다운 마음〉 노래 가사 일부.

면 손이 네 개라서 '포핸즈four-hands') 포핸즈 작품은 꾸준히 작곡되었고 좋은 작품도 많은데, 실제 연주회에서 볼 기회는 별로 없다.

두 명이 연주할 수 있는 피아노곡의 또 다른 형식으로 '투 피아노'가 있다. 일본 드라마 〈노다메 칸타빌레〉에서 볼 수 있다. 남녀 두 학생이 모차르트의 〈투 피아노 소나타 D장조〉를 친다. 남학생은 '흥, 상대가 어떻게 연주하든 내가 뛰어난 센스로 딱딱 맞춰주지!' 하는 거만한 태도로 연주를 시작한다. 그러다가 연주를 해가면서 점점 자아도취가 아닌 무언가 다른 감정을 느끼게 되고, 예전 스승의 말씀을 떠올린다.

"아무리 훌륭한 무대에 서도 몸이 떨릴 만큼 감동적인 연주를 하는 일은 드물다. 그런 연주를 할 수 있다면 그건 세계적인 지휘자라는 말을 듣는 것보다 훨씬 행복한 일일지 몰라."

뽐내거나 인정받는 것만이 전부였던 그에게 음악을 함께 연주하며 느낄 수 있는 행복감에 대한 이야기를 한

것이다. 언어나 몸짓이 아닌 음악으로 심장이 하나가
된 순간.

남매나 동창이 아닌, 사제 듀오도 있다. 스승 피아니스
트 김대진과 제자 피아니스트 문지영의 포핸즈이다.
유튜브로도 볼 수 있어서 추천한다. 이 영상엔 "슈베르
트의 〈네 개의 손을 위한 환상곡〉은 김대진, 문지영
연주가 세계에서 최고입니다." 하는 다소 격한 댓글이
올라와 있는데, 비슷한 마음이다. 절제미 속의 휘몰아
침이 있다고 할까, 느낌이 좋은 연주이다.

이 듀오의 연주는 각기 다른 연주회에서 몇 차례 들었
고 각각 인터뷰도 했는데, 연주는 늘 뛰어났고 인터뷰
내용도 서로에 대한 극찬이었다. 김대진 님은 제자에
대해 "나보다 피아노를 잘 치는 음악인."이라고 하고
문지영 님은 스승에 대해 "선생님의 모든 면을 존경한
다."라고 한다. 음악의 길에서 이렇게 서로를 거울처럼
비춰주고 등불처럼 인도하는 사람을 만난다는 건 큰 축
복일 것이다.

드물긴 하지만 한 피아노에 셋이 앉아서 치는 6-핸즈, 넷이 앉아서 치는 8-핸즈 작품들도 가끔 연주된다. 공연장에서 앙코르로 8-핸즈를 한 번 본 적이 있다. 연주자들이 비좁게 앉아서 서로 손을 피해가면서 연주하는 모습만으로도 관객들은 즐거워했다. 연주자들도 웃음을 참아가며 즐겁게 임했다. 음악가의 고독한 연습 시간이 보상받는 빛나는 순간이다.

슈베르트, <네 개의 손을 위한 환상곡>
김대진, 문지영(Pf) •

모차르트, <두 대의 피아노를 위한 소나타 D장조>
루카스 & 아르투르 유센(Pf)

•   Pianoforte의 약자, 피아노.

완벽한 착지를 위하여
〈바이올린 협주곡 5번〉 1악장

예술중학교에 다닐 때 초등생들의 중학교 입학시험 악기 조율을 해준 적이 있다.

시험곡은 에두아르드 랄로라는 작곡가의 〈스페인 교향곡〉이었다. 원래 바이올린 독주와 오케스트라가 함께 하는 곡이지만 입학시험에서는 피아노 반주와 연주하도록 한다. 랄로의 이 곡은 맨 처음 '라라 미, 라라라 미~' 하는 부분이 포인트다. 도약이 큰 멜로디를 노래할 때 어렵듯이, 바이올린으로 연주할 때에도 왼 손가락을 한번에 멀리, 그리고 정확히 움직여야 한다.

조율을 위해 대기하는 장소에서 그 많은 입시생들의 연주를 차례로 들었던 시간이 아직도 생생하다. 잊히지 않는 이유는 초등학교 꼬맹이들이 '예술의 가시밭길'을 걸었던 모습 때문이다. 초여름에 나온 입시 지정곡을 그해 연말까지 6개월 이상 매일 열심히 연습했을 게 분명한데도, 저 일곱 음의 음정을 맞추기가 그렇게나 어렵다니. '삑사리'를 내는 친구도 너무나 많았다.

올림픽에 나선 피겨 스케이트 선수와 견줄 만하다. 3회전 토 루프 점프, 러츠 점프, 스파이럴, 카멜 스핀···. 경기에 나설 땐 모두가 수없이 연습해서 자다가 벌떡 일어나도 프로그램을 할 수 있을 정도로 준비했을 텐데. 하지만 실전에서는 회전수가 모자라기도 하고, 동작의 모양이 찌그러지거나 심지어 엉덩이를 꽈당 하는 일까지 생긴다. 바이올린 실기 시험도 꼭 마찬가지다. 코치, 연습, 실력, 유전자, 식단, 성격, 그날의 분위기, 운···. 그 모든 것이 별이 일렬로 늘어서듯 어우러져야 좋은 결과를 얻을 수 있다.

이렇게 시작 부분의 도약음이 중요한 작품을 하나 더 꼽자면, 모차르트 〈바이올린 협주곡 5번〉 1악장이 있다.

"앞의 세 음만 들어도 실력을 가늠할 수 있다." 할 정도로 결정적인 멜로디다. 모차르트 특유의 귀족적이면서 영롱한, 동시에 크림처럼 부드러운 선율을 어떻게 요리하느냐가 관건이다. 가끔, 아주 가끔 예체능을 폄하하는 이야기를 만난다. 일리가 있다. 음악 교육에 돈이 많이 들고, 그것 자체로 어떤 장벽이 되어서 불공평한 경쟁, 시작점이 다른 경쟁으로 비칠 수 있다는 사실은 인정한다.

그렇지만 다른 쪽으로 생각해 보면 골프 같은 운동도 시작에 돈이 많이 들고, 흔한 운동은 아니지만 그 분야에서 두각을 나타내고 경쟁에서 이기기까지 결코 쉬운 길이 아니다. 타고난 바탕 위에 혼신의 노력을 기울여야만 이뤄낼 수 있는 일들에 편견을 갖지 않았으면 한다. 공부를 잘하는 것과 조금 다른, 무대 위에서 떨지 않고 자신만의 점프를 완성해 내야 하는 이들에게 너그러운 마음을 가져주었으면 좋겠다.

랄로, <스페인 교향곡 D단조> 1악장 (12:50~)
마리아 두에냐스(Vn)*, 에브게니 시나이스키(Pf)
2021년 메뉴힌 콩쿠르 결승 실황

모차르트, <바이올린 협주곡 5번> (솔로 파트 2:09~)
지휘 폴 메이어, 왈로니 왕립 실내 관현악단, 김봄소리(Vn)
2015년 퀸 엘리자베스 콩쿠르 준결승 실황

•   Violin의 약자, 바이올린.

〈라흐 헤스트〉

Les gens partent mais l'art reste(사람은 가도 예술은 남
아)라는 프랑스어 문장에서 제목을 딴 뮤지컬이다. 시
인 이상(1910~1937)과 화가 김환기(1913~1974)의 아내
였던 변동림(後에 김향안으로 개명)의 이야기로, 한 인물
인 변동림·김향안의 삶을 두 시기로 나누어, 이상을 만
났던 '변동림'과 김환기를 만난 이후의 '김향안'을 두 여
배우가 각각 연기하며 예술가의 삶을 그려낸다.

솔직히 이상과 김환기가 아닌 다른 예술가들의 얘기였

다면 이 뮤지컬을 보지 않았을지도 모르겠다. '누구의 아내'로 주목받는 주인공에 공감할 수 없어서. 그렇지만 이상과 김환기라…. 그 둘에게 영감을 주었다면 주인공이 될 만도 하다 인정했다. 시인으로서, 또 화가로서 한국 예술사의 가장 깊숙한 곳, 가장 아픈 곳에서 걸작을 길어 올린 두 사람이기에.

관람하면서는 웬 화가가 목청이 저렇게 좋은가(농담) 싶었지만 남아 있는 사진에도 멋짐이 흐르는 김환기이니, 모델처럼 비율 좋고 잘생긴 배우도 환기 역에 잘 어울린다 싶었다. ●

극에는 종이에 쓴 시를 전달하거나 그림이나 편지를 서로 보내는 장면이 많이 나온다. 아내에게 보낸 편지로는 화가 이중섭(1916~1956)이 유명하지만, 김환기 역시 그런 편지만으로 특별 전시를 열 정도로 향안에 대한 애정이 지극했다.

● 향안-김려원, 환기-박영수, 동림-김이후, 이상-변희상 캐스트로 관람.

편지의 감성은 아주 특별하다. 한 사람만 생각하며 한 자 한 자 꾹꾹 눌러쓰는 시간이 종이에 배어든다. 이메일과 달리 종이 자체의 무게와 질감이 있고, 마치 사람이 그러하듯 물리적 공간을 여행해서 받는 이에게 도달하게 된다. 쓰는 이는 편지를 쓰는 시간뿐 아니라 편지가 도착할 때까지 조바심치는 시간까지 서간에 담게 되고, 받는 이는 편지를 기다리는 시간, 그리고 이 물체를 받아 들어 조심히 개봉하는 순간까지 선물받게 된다. 나는 엽서도 좋아하는데, 마음에 드는 엽서를 보내버리면 내가 가질 수 없는 게 슬퍼서 종종 두 장을 산다. 하나를 보내도 다른 하나는 내게 남을 수 있게.

편지를 소재로 한 클래식 음악 중에서 빼놓을 수 없는 곡이 모차르트 오페라 〈피가로의 결혼〉 중 '편지의 이중창'이다. 영화음악으로 사용되어 더욱 많이 알려졌다. 이 장면은 두 여주인공이 한 명은 편지의 내용을 불러주고, 한 명은 받아 적으면서 서로 이어 부르게 되어 있다. '부드러운 저녁 산들바람이…' 하면 '(펜으로 쓰면서) 산들바람이…', '오늘 밤 속삭이네요…' 하면 '(받아 적으며) 오늘 밤… 속삭이네요' 하는 식이다. 단순한 사랑의 편지는 아니고 말하자면 두 여인의 작은 범죄 공모인데, 그런 스토리가 곡에 긴장감까지 불어넣는다.

〈라흐 헤스트〉를 보고 김환기의 편지 그림을 찾아보니 '좋은 화가가 되겠다' 하는 의지가 가득한 문장이 나와서 나누어보려 한다. 김환기의 미술 작품, 〈어디서 무엇이 되어 다시 만나랴〉*라는 작품 제목도 그 자체로 편지글 같은 느낌이었는데 1955년 10월, 향안에게 보낸 편지 중에 아래와 같은 글이 있다.

> 우스운 얘기지만 나도 미술사에 남을 화가인 것 같애. 꼭 그렇게 하고 말 테야. 나도 그림이라는 방법을 통해서 새로운 세계, 다시 말하면 창조를 하고 있는 거야. 예술은 창조의 일이거든.

환기 미술관에서의 시간이 떠오른다. 노란색, 푸른색의 대작들을, 환한 햇살 속에 충분한 시간과 공간을 갖고 감상하였던 곳. 내가 아끼고 아끼는 서울의 모퉁이.

●   김환기의 절친한 친구 김광섭의 시 〈저녁에〉 일부.

모차르트, 오페라 <피가로의 결혼> 중 편지의 이중창
지휘 칼 뵘, 도이체 오퍼 베를린
군둘라 야노비츠·에디트 마티스(Sop)

자주 듣는 질문이다. 아무래도 클래식 공연장이 예술의전당, 롯데콘서트홀, 세종문화회관처럼 이름부터 '전당', '콘서트홀'이라서 부담스러운 느낌인가 보다. 그렇다 해도 막상 가보면 다른 공연장과 비슷하다.

결론부터 말하면, 100퍼센트 확실한 박수의 타이밍은 연주자가 인사를 할 때다. 악장 사이에 치면 안 된다, 마지막 음의 여운이 사라지기 전에 훅 들어오는 박수를 치면 안 된다 하는 규칙들을 잘 알아서 맞추기는 어렵다. 또 여운은 주관적인 면도 있어 조금 논쟁적이다. '다른 사람들이 칠 때'라는 모호한 답도 있지만, 사실 곡에 따라서는 여러 명이 헷갈려서 적절하지 않은 때 박수를 우르르 쳐버리는 경우도 있어서 위험성이 없지 않다.

물론, 다니다 보면 '아, 이 곡은 4악장인데 중간에 요렇게 세 번 쉬었으니까 이제 마지막이군. 곡도 뭔가 절정을 향해 가는데?' 하는 감이 생긴다. 그리고 예습을 했다든지, 아는 곡이라든지 해서 확신이 있다면 맨 처음 박수 소리를 내는 사람이 되는 것도 재미다. 예를 들어서 '바이올린 신동이 나타났다!' 하는 어떤 연주회에서 어린 바이올리니스트가 사라사테의 〈카르멘 환상곡〉을 오케스트라와 함께 연주한다면, 그리고 화려하게, 엄청 심장 벌렁벌렁하게 끝났다면 "예~." 하고 소리치면서 우다다 박수를 치고 들어갈 수 있다. 그런 상황이 어울리니까.

내 경우도 돌이켜보면, 독일에서 피아니스트 유자 왕이 정명훈의 지휘로 라흐마니노프 〈협주곡 3번〉을 연주하고 끝냈을 때, 맨 먼저는 아니지만 약간 빠르게 박수를 쳤던 것 같다. 그리고 그날의 연주회 분위기는 매우 뜨거워서, 1층 관객의 대부분이 발까지 굴렀다.
(한국에서 발구르기는 추천하지 않겠다.)

여운… 이게 항상 문제이다. 이 예로는 다니엘 로자코
비치를 들고 싶다. 젊은 바이올리니스트인 그는 내한
공연에서 바흐 〈무반주 바이올린 소나타〉와 〈파르
티타〉를 연주하였다. 공연의 마지막 악장이 〈파르티
타 2번〉의 '샤콘'•이었는데, 연주가 끝나고 바이올린
활을 현 위에 멈춘 채 1분 정도 팔을 아래로 떨구지 않
았다. 나는 라디오 PD로 일한 적이 있어서 연주 중에
긴 공백이 생기면 속으로 숫자를 세는 습관이 있다. (라
디오에서는 10초 이상 아무 소리도 안 나면 '방송사고'이기 때문
에.) 그래서 1분가량인 것을 알 수 있었다. 그리고 그런
긴 여운이 어울리는 곡이기도 했다. 만약 연주자가 중
간에 팔을 내렸다면, 아무리 여운 운운해도 아마 그것
보다는 빨리 첫 박수가 나왔을 거다. 그런데 팔을 그렇
게 안 내린다는 것은 꽤 강력한 신호인 것이다. '이게 내

• 　샤콘 chaconne. 바로크 시대 변주곡의 하나. 베이스의 기본 주제가 반복
되는 동안 위 성부의 변화가 다양하게 전개된다.

가 생각하는 이 곡의 여운이니까, 기다려줄래' 하는.

이처럼 박수가 나오는 첫 타이밍이라는 것은 그야말로 '케이스 바이 케이스'라서 경험치를 무시할 수 없다. 이렇게 길게 쓰니 음악회에 가라는 거냐 말라는 거냐 할 수 있는데, 답은 보다시피 이 글 맨 앞에 있다. '인사할 때'까지 기다리면 '백퍼'이니까. 그리고 눈치 보인다든지, 자존심 상한다든지 그런 문제도 아니다. 클래식 유튜브 영상을 유심히 보면 알겠지만 원래 50~70퍼센트 정도의 박수 소리가 먼저 나오고, 연주자가 자리에서 일어서거나 인사를 할 때 100퍼센트로 커지기 때문이다. 모두가 '끝' 하면 동시에 막 치는 게 아니다 보니까, 우우우웅~ 하고 커지는 타이밍이 생긴다. 그러니 각자의 '여운'이 완전히 끝났을 때 치기 시작해도 좋다.

기립박수…. 기본적으로는 자유다. 나는 '나의 이 벅찬 감동을 연주자에게 반드시 알려야겠어' 할 때 기립한다고 생각하는데, 뭐 적당히 잘해도 일어서는 분들도 있다. 연주자 입장에서는 언제나 환영이다.

II 　나를 위한 여름 베토벤

베토벤의 음악에는 여름의 한낮처럼 강렬한 의지와 열정이 담겨 있다.
그는 작품을 쓸 때마다 수없이 고쳐 쓰며 더 나은 길을 끝까지 밀고
나갔고, 서른을 앞두고 청력을 잃기 시작했지만 그 열기를 꺼뜨리지
않았다. 타오르듯 흔들리면서도 끝내 꺼지지 않는 여름의 빛처럼
그는 삶의 마지막까지 작곡과 연주를 이어갔다. 베토벤의 음악에
기대어, 나 역시 하루에도 몇 번씩 무너지면서도 다시 일어서려는
마음을 붙든다.

루트비히 판 베토벤(Ludwig van Beethoven, 1770~1827)

뮤지컬 <레미제라블>은 1832년 프랑스 6월 봉기를 소재로 하고 있다. 빅토르 위고의 소설 속 주인공 장발장은 1769년 생으로 베토벤과 비슷한 연배다. 베토벤의 삶 역시 프랑스 혁명에 큰 영향을 받았다. 표지에 '보나파르트'라는 이름을 붙여 파리로 보내려 했던, <교향곡 3번> '영웅'이 대표적인 예다. 이전 시대 음악가들처럼 궁정에 고용되어 귀족을 섬기는 삶이 아닌, 주체적 예술가로서의 삶을 꿈꾸고 실현해 나갔던 베토벤. 창창한 나이인 20대 후반에 청각 이상이 시작되었음에도 장애를 극복하고 서양음악의 성서라고 불리는 위대한 작품들을 써 내려갔다.

계속될 대화의 시작

〈피아노 소나타 14번〉 월광 1악장

무엇이든 말로, 언어로, 문장으로 꺼내놓을 수 있다면 음악이 필요할까. 언제나 많이 알고 적절히 답하는 너에게, 나는 여러 말을 했다. 유머와 지식이 섞인, 언제나 정답 같은 언어가 오갔는데 그래도 나는 무언가를 끝까지 설명할 수 없었다.

그럼에도 대화는 즐겁다. 내가 고른 단어가 공기 중에 올라 그 단어를 너의 뇌가 잡아채고 그 안의 수많은 의미들을 순식간에 감별해 낸다. 그리고 거기에 대응하는 호흡과 함께 엇비슷한 중량의 단어를 찾아 발화해 주는 일…. 세월이 흐를수록 내가 하는 말은 내 머릿속의 의

도를 정확히 반영해 주지 못하는 것만 같은데, 어떤 경로로 내 앞에 온 사람이 이 애매하고 모호한 단어를 들어준다는 것, 그 자체도 행복인 듯하다.

베토벤 〈월광〉 소나타 1악장. 거의 완벽한 대화의 시작. 아니 모든 솔로 피아노 작품들이 그렇게 들리듯이 독백일까. 아름다운 첫 문장. 여성적이며 동시에 남성적이기도 한, 마음을 고요히 두드리는 세 음. 그 주변을 셋잇단음표가 연이어 감싸준다. 그리고 낮은 곳에서 들려오는 또 다른 품위 있는 목소리. 셋잇단음표는 사실은 한 박을 셋으로 나누는 것이기 때문에 그렇게 안정적이지 않다. 그렇지만 〈월광〉에서는 가장 아름답고 자연스러운 모습을 보여준다. 무언가 깨질 듯하고 연약한, 그런 모습. 무한히 이어질 것 같지만 1악장이 지나고 나면 그 시간이 너무나 짧았음을 깨닫게 된다. 1악장 내내 큰 소리 한 번 내는 적이 없지만, 마지막 두 작은 울림은 심장이 있는 쪽에서 긴 여운을 남긴다.

피아노 음악을 들을 때의 장점이 있다. 음정을 신경 쓸 필요가 없다는 점이다. 현악기와 관악기는 대부분 손가락으로, 혹은 호흡으로 음정을 조정해 주어야 하기 때문에 미세한 '옳고 그름'이 생긴다. 피아노는 말하자면 음정에 있어서만큼은 '모든 음이 정답'이다. 바이올린을 연주하는 나한텐 피아노 작품을 들을 때 음정이라는 큰 카테고리의 스트레스가 사라지는 셈이다. 흔히 말하는 미스 터치(악보와 다른, 잘못된 음을 누르는 일)조차도 음정이 틀릴 일은 없기 때문에 그 부분에 있어서는 마음이 아주 편하다. 내가 혼자 즐거움을 위해 음악을 들을 때 피아노 작품을 선택하게 되는 큰 이유이다.

그리고 피아노…. 큰 나무통 안의, 천을 감싼 망치가 현을 두드린다. 음색 자체도 오묘하다. 현악기의 날카로움이 없고 뭔가 전반적으로 따뜻하다. 체온처럼. 피아노는 독주곡이 많아서 연습이 외롭다고 토로하는 연주자들이 많기는 하다. 그렇지만 홀로 연주하기 때문에 자신의 뜻, 자신의 색, 자신의 감정을 더 온전하게 표현해 주는 듯하다. 들을 때도 연주자와 1:1로 마주하는 느낌이 든다. 오롯한 그 사람을, 바로 받아들일 수 있는 기분. 역시 그래서 피아니스트가 인기가 많은 건가. 〈월광〉 1악장처럼 속삭일 수 있는 사람들 같아서.

베토벤, <피아노 소나타 14번> 월광 1악장
머레이 페라이어(Pf)

김 집사, 이리 좀 와봐요

〈피아노 소나타 8번〉 비창 2악장

요즘 유튜브 피아노 영상에 이런 소감이 많이 달린다. "귀족 영애令愛가 된 것 같다.", 혹은 "집사가 딸린 대저택에 살고 있는 것 같다."

지금 틀어놓은 조성진의 〈비창〉 2악장 유튜브 댓글도 비슷한 내용. "출근하면서 듣는데 (내가) 회장님 같았습니다. 버스가 흔들리는 것 빼면요.", "자취방에서 혼자 밥 차려 와서 성진 님 피아노 연주를 마주하고 먹고 있자니 미슐랭 3스타 레스토랑에서 먹는 기분입니다." 이 댓글들의 '좋아요' 수만 수천이다. 어쩌면 클래식 음악의 고유한 힘일까? 팝이나 가요를 들을 때 '귀족

영애'가 떠오르진 않을 테니까.

서양 클래식에서 귀족은 중요하다. 많은 음악가가 귀족이나 왕의 후원 아래 일했고, 그들의 여흥을 위한 음악도 많았다. 많은 서양의 예술이 그들의 취향을 만족시키며 발전했으니. 음식도 그렇다. 잘 알겠지만, 프랑스의 오래된 레스토랑도 귀족이나 왕실을 위해서 일하던 요리사들이 프랑스 혁명 이후에 먹고살기 위해서 그들에게 내던 음식을 평민에게도 팔기 시작하면서 생긴 거라고 한다. '미슐랭 3스타' 운운도 맥락은 있다.

넷플릭스에서 프랑스 요리사들이 재료를 밀리미터 단위로 준비하고, 입속의 식감을 생각하며 익히는 방식을 연구하며, 마지막에 금박 하나를 핀셋으로 올리면서도 플레이트의 아름다움을 위해 방향의 1도 1도를 고민하는 것처럼 고전음악 연주자들도 그런 것 같다. 최고 핫한 피아니스트 임윤찬 님도 말씀하시었나니, "(쇼팽 에튀드* Op. ** 25-7을 연주할 때) 첫 음이 심장을 강타하도록, 두 번째 음이 (듣는 이의) 심장을 강타할 때까지, 그리고 그 두 음을 이어서 연주할 때에도 심장을 강타한다는 느낌이 들 때까지 7시간 동안 연습한 적도 있다." 표현력이 임윤찬만큼 유니크하지 않아도, 그리고 결괏값이 그에 못 미쳐도 거의 모든 서양음악 전공자들이 '강타'를 위해 노력 중이다. 악보의 한 칸, 한 마디를 두세 시간 붙들고 연습해 본 경험은 연주자라면 다들 있을 것이다. 훈련된 완벽주의.

그렇지만 연습과, 고뇌와, 긴장감이 켜켜이 쌓인 순간이 아니라 오히려 홀연히 사라지는 순간이 예술가들이 추구하는 지점인 것 같다. 노력이 너무 보여서 부담이 되는 연주가 아닌, '엇, 이 느낌 뭐지' 하는 식으로 마음에 시나브로 닿아오는 어떤 것이 음악의 정수인 것 같다. 온라인 예배보다는 교회에 가는 게 나을 테니 음반보다는 연주회장에서 이런 교감이 훨씬 잘 이뤄질 것 같다.

- 에튀드(Étude)는 프랑스어로 연습곡이라는 뜻. 원래는 악기 연주 기술을 향상시키기 위한 곡을 의미했는데 시간이 지나면서 단순한 연습을 넘어, 음악적으로도 뛰어난 예술 작품으로 발전한 장르.
- ● Op.는 음악에서 라틴어 Opus의 약자로, 작품이라는 뜻. 작곡가가 쓴 작품을 번호로 식별하기 위해 붙이는 표기.

그래도 온라인 예배로 조성진과 베토벤 팀플에 은혜받은 댓글 하나만 더 보자. "닭장 같은 고시원에서 마시는 믹스커피 한 잔이 스타벅스에서 마시는 캐러멜마키아토로 변신하는 놀라운 경험. 생존하기 급급한 내 인생도 이런 음악 들을 수 있다는 게 감사하다." 이 맛이다. 그냥 물건 하나가 아니라 인생 전체의 배경화면이 바뀌는 투자라면, 역시 해볼 만하다.

<피아노 소나타 8번> 비창 2악장
조성진(Pf)

임윤찬(Pf) '심장 강타' 인터뷰, SBS 뉴스 리포트

베토벤 운명과 고양이

〈교향곡 5번〉 운명 1악장

'쉬고 있지만 더 격렬하게 쉬고 싶다!'

이 밈meme 기억하는지? 고양이가 기지개를 켜거나 누워서 배를 보이는 사진에 이 명언이 캡션으로 달려 있었다. 유행 당시엔 피식 웃고 말았는데 3년 전, 고양이를 키우기 시작하면서 무릎을 탁 치게 됐다. 내가 그때 깨달은 건-내가 제대로 쉰 적이 없구나 하는 거였다.

고양이를 보며 셀 수 없이 많은 영감을 얻지만 그중에서도 이 깨달음이 가장 임팩트가 컸다. 고양이가 스크래쳐나 담요 같은 데에서 기절한 듯이 자거나 제 몸을 조금씩 핥으면서 쉬는 모습을 보았더니, 나와는 질적으로 달랐다. 이상한 개발도상국적 향상심에 빠져 동동거리고, 쉴 때도 항상 다른 일을 계획하거나 쉰다는 사실에 죄책감을 느끼는 내가 보이기 시작했다. 이 고양이(이름-반띵이)는 그러하지 않은데! 죄책감 없이 늘어져 몇 시간이고 쉬는 모습에 정말 많이 배웠다. 같은 포유류로서 크게 깨달았다. '쉰다는 건 저런 거였구나!'

악기 레슨을 받아보았다면 이런 말을 들은 적 있을 거다. '쉼표도 음표만큼 중요하다!'

서양 클래식 음악에서 쉼표의 역할과 무게가 유난한 곡 중에 베토벤 〈운명 교향곡〉이 있다.

우리가 듣는 것은 (흔히 운명을 두드린다고 하는) '따따따 딴~' 하는 '음표'이지만 실제 악보를 살펴보면 이 곡은 16분 '쉼'표가 먼저이다. 흡! (들이쉬고) '따따따 딴~'. 그

다음은 더욱 어려워진다. 악보에 그려진 것으로는 맨 앞과 같은 16분 음표니까 이론적으로는 '같은 길이의 소리의 공백'을 두고 그다음 두 번째 '따따따 딴~'을 하면 되겠지만 여기에는 몇 가지 기술적, 철학적, 음악적, 공연의 즉흥성적 문제가 따라온다.

1) 굳이 무대에서의 움직임으로 따지자면 지휘자의 지휘봉이 올라가는 그 순간을 마디의 처음으로 설정해야 하겠다. 하지만 공기의 진동으로만 따진다면 맨 처음의 쉼표 역시 공백에서 시작했기 때문에 그 16분 쉼표의 길이를 정확히 아는 사람은 없다. 2) 16분 쉼표의 길이 기준. 악보대로만 연주하면 '따따따'가 셋잇단음표도 아니기 때문에 우리가 알고 있는 템포보다 훨씬 느려야 한다. 3) '따따따 딴~'의 마지막 음 '딴~'에 '늘임표(페르마타)'라고 하는 '적당히(?) 늘여서 길게 해라'라는 표시가 있기 때문에 '딴~'의 길이도 '느낌적인 느낌'으로 맞춰야 한다. 4) 그 후 들어가는 두 번째 '따따따 딴~'은 음형은 같지만 마지막 음이 두 배로 길게 되어 있고 그 위에 또 아까 그 '늘임표'가 올라앉아 있기 때문에 이것 역시 지휘자와 오케스트라 단원들이 한마음으로 '여

기다' 하는 곳까지 음을 내고, '쉼'에 들어가야 한다.

이 첫 '(흡!) 따따따 딴~'이 이 악장의 기본 음형이기 때문에 이 선택은 1악장에서 자전거 페달을 밟는 것처럼 수백 번 계속된다. 그리고 자전거 페달과 마찬가지로 한 번 어긋나면 계속 어긋나게 된다. 물론 딱 맞아떨어지면 자전거는 균형을 잃지 않고 끝까지 달려나갈 수 있다.

내가 이 곡을 연주해 본 건 대학교 오케스트라 수업 시간이다. 처음 악보를 놓고 모두가 시작했을 때는 혼돈 그 자체였다. 위에서 말한 문제점들도 해결해야 함은 물론, 곡이 유명하다 보니 각자의 마음속엔 저마다 익숙한 '따따따 딴~' 팔십몇 개가 따로 있었던 것이다. 거의 악보만 읽고 넘어갔기 때문에 페달이 멋지게 굴러가는 〈운명 교향곡〉은 아직 연주해 보지 못했다. (당시 서울대의 임헌정 선생님께선 말러에 푹 빠져 계셔서 말러는 오래 연습하고 연주도 했다.) 이렇게 유명한 곡인데, 심지어 관객 입장에서조차 실제 연주로 페달이 멋지게 굴러가는 엄청 잘하는 〈운명 교향곡〉을 아직 만나지 못했다. 소위 '명음반'이라고 하는 1960~70년대 지휘자들의 〈운명 교향곡〉만이 '잘 풀리면 이렇구나' 하는 정도로 머릿속에 들어 있다. 운명이라면 언젠가, 어디에선가 꼭 만날 테니 그날 객석에서 한 줄기 눈물을 흘리겠다.

베토벤, <교향곡 5번> 운명 1악장
지휘 필립 헤레베헤, 프랑크푸르트 라디오 심포니

나 가거든

〈교향곡 7번〉 2악장

배우 이미연 님이 주연을 맡았던 2001년 드라마 〈명성황후〉는 드라마도 큰 인기를 끌었지만 성악가 조수미 님이 부른 OST '나 가거든'도 전국민의 사랑을 받았다.[•] 이 곡을 커버한 영상도 많아서 2012년의 박정현 님부터 2020년의 악동뮤지션 이수현 님까지 다양한 버전을 찾아볼 수 있다. 이 곡이 성공한 요인은 여러 가지 이겠지만

• 성악가들이 보통 몸 전체를 울림통으로 쓰는 발성에만 익숙한 데 비해서 조수미는 여러 발성을 자유자재로 소화할 수 있어서 '나 가거든'이나 '너와 나~'로 시작하는 월드컵 응원가 '챔피언' 같은 곡들을 듣기 좋게 해낸다.

나 슬퍼도 살아야 하네
나 슬퍼서 살아야 하네

이 삶이 다하고 나야 알 텐데
내가 이 세상을 다녀간 그 이유

나 가고 기억하는 이
내 슬픔까지도 사랑하길

과 같은 가사의 애절함도 한몫했을 것 같다.

나 가거든….

이럴 때 나라면 무슨 음악이 간절히 생각날까?

후보 1번은 내가 즐겨 듣는 차이콥스키 〈호두까기 인형〉 모음곡. 어떨까? 너무 신나서 안 될 것 같다. 첫 주제를 들으면 바로 크리스마스 시즌이 떠오르고 발레를 보기 위해 당장 극장으로 달려가고 싶을 것 같아서다. 발레 공연의 흥분감! 아리따운 이들 수십 명이 나와서 2시간 넘게 춤춰준다니! 잘 알려진 사실로 한국에서 가장 표가 잘 팔리는 발레 프로그램이 바로 〈호두까기 인형〉이다. 한국의 대표적 발레단인 국립발레단과 유니버설발레단이 크리스마스 시즌마다 서울을 비롯한 각 지역을 순회하며 각자의 '호두까기'를 선보인다. 'March(행진곡)' 같은 악장에서 호른과 클라리넷의 주제가 마지막에 다시 나올 때, 베이스부터 첼로-비올라-바이올린으로 스케일 쫙 올라가면서 분위기를 고조시키면, 아니, 아니, 억울해서 못 죽을 것 같다!

두 번째 후보는 쇼팽 피아노 독주 〈발라드 3번〉. 내가 좋아하는 부분은 도입과 첫 3분의 1지점쯤 나오는 '도-도, 도-도, 도-도, 도도-라-솔-파파미레' 하면서 분위기가 전환되는 부분이다. 예술고등학교에서는 무대에 익숙해지게끔 '향상 음악회'라는 교내 연주회를 매 학기 시킨다. 이때 많은 피아노과 학생들이 매주 베토벤 〈소나타〉 아니면 쇼팽 〈연습곡〉이나 〈발라드〉, 리스트의 〈소나타〉 같은 곡들을 연주한다. 그래서 이런 작품은 다른 악기를 전공한다 해도 귀에 못이 박히도록 듣게 된다. 베토벤 〈소나타〉 '열정' 같은 곡은 음악과 학생이라면 거의 흐름을 외울 정도가 된다. 의무로 듣는 거니까 많이들 '영혼 탈출' 상태로 앉아 있게 되는데, 그 와중 누군가 쇼팽 〈발라드 3번〉을 연주하는 날이면 나는 좀 기쁘고, 항상 저 두 부분이 좋았다. 죽기 전 들을 곡으로 나쁘진 않지만 역시 좀 삶에 욕심이 날 것 같다. '이렇게 아름다운 곡이 많은데 지금 죽을 수 없어!' 하고…. 그래도 끝에서부터 17마디 정도의 마지막 부분은 적당히 고조되면서도 담백하게 끝나서 큰 미련 없이 깔끔하게 정리한다는 기분은 낼 수 있을지도.

베토벤 작품이 내 취향엔 지나치게 무겁고, 과하게 형식주의적이라고 생각했지만 막상 마지막으로 들을 곡이라 하니 베토벤 〈교향곡 7번〉의 2악장이 강력한 후보로 떠올랐다. 영화 〈킹스 스피치〉의 하이라이트에 울려 퍼진 그 곡이다. 내 인생이 뭐 대단히 엄숙하거나 고아하진 않지만, 한편으로는 길을 걷다 마주치는 많은 사람 각자의 인생 하나하나가 나름대로 엄숙하고 고아하니까 그 정도 존재 자체의 엄숙함은 갖추었다 치기로 한다. '따안 따따 따안 따안' 하는 기본 박자가 계속 이어지니까 안정감도 있고 하나하나 음들이 약간 무거워서 '하아, 이 정도면 수고했다' 하고 내려놓고 싶기도 할 것 같다. 그리고 내가 오래 연주한 바이올린 선율도 예쁘다.

일본 드라마 〈고독한 미식가〉로 유명한 배우 마츠시게 유타카 님이 이런 질문에 답하는 걸 보았다. "맛있는 것을 많이 먹는 배우 인생을 보냈는데, 저승 가기 전 마지막 식사로 무얼 고르시겠는가." 하는 질문이었다. "예전 같으면 장어라고 했겠지만, 지금은 우동과 닭고기 우엉 솥밥 주먹밥(구체적이다)."이라는 대답. 몸을 가볍게 하고 간다나. 다사다난한 인생을 마무리할 때, 우엉 솥밥 주먹밥이나 베토벤 〈교향곡 7번〉을 준비할 만한 여유나 있었으면 좋겠다.

베토벤, 〈교향곡 7번〉 2악장
지휘 테리 데이비스, 런던 심포니
(영화에 사용된 음원)

독일의 B

〈바이올린 소나타 5번〉* 봄 1악장

용인에 있는 자동차 경주용 스피드웨이를 스포츠카로 마음껏 달린 적이 있다. 독일 브랜드 '벤츠'의 행사였는데 잊지 못할 경험이 되었다.

다섯 종류의 각기 다른 느낌의 스포츠카를 한 번씩 타 볼 수 있었는데, 10대 정도가 줄을 지어 달렸다. 핸드폰 사진 따위는 금지였다. 그럴 시간도, 정신도 없었다. 선두의 마이크 지시를 차량 스피커로 들으며, 일상에서는 해보지 못하는 '액셀러레이터를 끝까지 밟는' 가

●   정확히는 〈피아노와 바이올린을 위한 소나타 F장조〉

슴 뛰는 경험을 했다. 종이에 인쇄된 '제로백'*으로는
알 수 없는, 실제로 맘껏 가속을 했을 때 몸에 느껴지는
감각을 자동차 종류별로 음미할 수 있는 시간이었다.

내가 몰랐던 부분은 차량을 속속들이, 빠른 시간 안에
느끼려면 최고 속력으로 밟는 것뿐 아니라 '급감속'도
해봐야 한다는 거다. 말하자면 액셀러레이터를 끝까지
밟다가 마이크 지시에 따라 브레이크를 팍 밟는 거다.
그러면 차가 막 브레이크등을 번쩍번쩍하면서 푸르르
감속하는데, 이 능력도 보는 것이다. 차종에 따라서는
의자의 양쪽 옆구리 부분이 마치 나를 감싸안듯 재빨리
조여지기도 했다. 결코 부담스럽거나 아프지 않게. 뭐
랄까, '주인님, 괜찮으세요?' 이런 느낌?

베토벤 〈바이올린 소나타 5번〉은 '봄'이라는 별칭을

●　　자동차 평가 요소에 흔히 쓰이는 말로 제로(Zero)와 숫자 백(100)의 합성
　　　어이다. 가속시 100km/h에 도달하는 시간을 말함.

갖고 있다. '스프링 소나타'라고도 한다. 처음의 주제 '라-솔파미파솔파미레도-' 하는 선율이 마치 봄 느낌이라 해서 이런 별명이 붙었는데 베토벤이 붙인 말은 아니다. 첫 선율이 가장 유명한 이 곡에는 또 다른 매력 포인트가 있다. '속도'는 아니지만 '음량'의 급격한 변동이다. 매우 큰 ff(포르티시모)에서 ff-f(포르테)-mf(메조포르테)-mp(메조피아노)-p(피아노)-pp(피아니시모)로 이어지는 음량 기호들.[*] 이런 기호들을 음량 지시라고 하는 것이 얼마나 적절할지 모르겠다. 다만 핸드폰 볼륨처럼 그런 '기계적' 의미만은 아니고 활을 긋는 속도와 그 음의 분위기와 무게감을 다 포괄하는 기호이다. 그리고 이 악상을 피아노와 바이올린이 함께 지키기 때문에 함께 연주할 때는 그 효과가 훨씬 커진다. 그런데 베토벤은 이 곡의 1악장에, f이다가 훅 건너뛰어 p로 가는 악구를 많이 만들어놓았다. 마치 급브레이크를 밟는 것처럼.

---

[*] 이런 악상 기호를 '셈여림표'라고 하나, 셈, 여림 뿐만 아니라 음량의 크고 작음, 때에 따라서는 무게감이나 양감과도 연관이 있음. 이 결정도 연주를 위한 음악 해석에 포함된다.

이 곡을 연주하는 바이올리니스트는 이렇게 음량의 급격한 변화를 소화함으로써 곡의 아름다움도 표현하지만, 자기의 활 및 음량 컨트롤 능력도 보여주게 되는 것이다. 우와아악 하고 최고 속도로 달리다가 훅 작아지며 갑자기 속삭이고 혹은 부아아앙 하는 것처럼 짧은 몇 마디 안에서 pp(매우 여리게)에서 ff(매우 세게)로 가는 엔진의 힘(?) 같은 것도 보여준다. 갑자기 확 커지는 sf(스포르찬도), 갑자기 작아지는 p(피아노), 들릴 듯 말 듯 한 pp(피아니시모), 우회전, 좌회전….

좋은 차량이 그렇듯 연주가 좋으면 이 모든 과정이 듣는 사람에게도 물 흐르듯 자연스럽고 편안한 경험이 된다. 물론 잔잔하다가 갑자기 확 큰 소리를 내는 sf일 때에는 작곡가가 의도한 대로 상큼하게 깜짝 놀라기도 하지만. 그래서 연주자가 이렇게 잘 계획된 코스대로 완주하고 나면, 가끔 어떤 상쾌한 드라이빙이 끝나고 담백하게 멈춰 섰다는 느낌을 받는다. 그리고 그 느낌이 좋을 때 다시금 그 연주자를 찾게 되는 것 같다. 이번 코스는 또 어떻게 요리할까, 두 손을 비비면서 기대하는 마음.

베토벤, <바이올린 소나타 5번> 봄
이츠하크 펄먼(Vn), 블라디미르 아슈케나지(Pf)

우리는 만날 운명입니다

〈피아노 협주곡 5번〉 황제 1악장

장소는 중요하다. 이원하 시인의 시집 제목『제주에서 혼자 살고 술은 약해요』라는 문장만 보아도 알 수 있듯, '제주'라는 공간은 그 뒤에 오는 모든 일과 모든 말을 규정해 버린다. 그만큼 장소는 중요하다. 그래서 나는 어느 연주자를, 어느 공연을, 어디에서 만날지 신중을 기하는 편이다.

여행에서 연주자를 만날 때도 있다. 여행 날짜를 정한 뒤, 그 도시에서 열리는 음악회를 검색해 찾아가는 방식이다. 이렇게 일정이 맞아떨어진 행운의 경우가 바로 피아니스트 조성진의 도쿄 필하모닉 연주회였다. 지휘는 정명훈. 2016년 9월의 일이었는데, 맹세코 산토리홀 (일본의 예술의전당 격)의 일정을 먼저 찾아본 것이 아니었다. 친구와 도쿄 여행 계획을 다 짜고 호텔까지 예약한 뒤, '뭐가 있나' 하고 들어가 본 홈페이지에서 기쁜 소식을 우연히 발견했던 것! 프로그램은 베토벤 〈피아노 협주곡 5번〉 '황제'였는데, 조성진과의 협연뿐 아니라 이후 연주된 〈교향곡 6번〉 '전원'도 단정하고 완성도도 높았다. '황제' 협연이 끝나자마자 조성진 님이 정명훈 님의 품에 폭 안기던 모습이 아직도 생생하다.

이와는 달리 처음부터 '음악회'를 목표로 떠난 여행은 2019년이었다. 음악 전문 기자 김성현 님의 『365일 유럽 클래식 기행』과 예술 칼럼니스트이자 정신과 의사인 박종호 님의 『유럽 음악축제 순례기』가 내 등을 세게 밀었다. 2주간 독일에서 실내악, 콘서트 오페라, 교향곡, 협주곡 등 여섯 차례의 연주회를 관람하는 일정이었다. 드레스덴 젬퍼오퍼에서 드레스덴 슈타츠카펠레를 듣고, 게반트하우스 콘서트홀에서 게반트하우스 오케스트라를, 베를린 필하모니에서 베를린 방송 교향악단을 듣는, 그야말로 행복한 나날이었다.

미술관이나 박물관에 비해 외국에서 음악회를 찾는 사람은 적은 듯하다. 하지만 한국에서 티케팅을 해본 사람이라면 세계 어느 공연장 예매도 전혀 어렵지 않다. 한국에서 영화 티켓을 사듯, 모바일 티켓이나 예약 확인 이메일을 휴대폰으로 보여주면 된다. 다만 한 가지, 한국보다는 전반적으로 차려입는 분위기라는 점은 알아두자. 참고, 참고.

베토벤, <피아노 협주곡 5번> 황제
지휘 사이먼 래틀, 빈 필하모닉 오케스트라, 알프레드
브렌델(Pf)

거미가 줄을 타고 올라갑니다

〈엘리제를 위하여〉

『내가 정말 알아야 할 모든 것은 유치원에서 배웠다』라는 책이 한때 베스트셀러였다. 요즘에도 '귀여움', '무해함'이 유행하지만 그때도 뭔가 '복잡한 세상 편하게 살자', '원칙은 의외로 단순하다', 그런 유행이 있었다.

'밥 먹기 전에는 손을 씻어라', '자기 것이 아닌 물건에 손대지 마라' 같은 주제에 연결된, 작가의 경험을 따라가는 에세이. 오래전에 읽던 당시에도 마음에 걸렸고 지금도 집에서 쿠키를 먹을 때면 떠오르는 책 속 원칙이 하나 있다. '따뜻한 쿠키와 찬 우유는 몸에 좋다', '쿠키-몸에 좋다'에서 한 번, '찬' 우유에서 또 한 번 걸린다. 무슨 뜻인지는 알 것 같다. 작가인 풀검 할아버지가 유치원생이던 시절, 어머니는 오후 서너 시쯤 배고픈 아들을 위해서 갓 구운 쿠키와 맛있는 우유를 준비해 주었을 것이다. 작가는 무럭무럭 자라서 건강한 성인이 되었고, 그 쿠키와 우유 조합을 잊지 못하는 것이다. 상상해 보면 아주 마음 따뜻해지는 장면이기도 하다.

그런데 요즘 탄수화물이 완전 공공의 적이다 보니, 게다가 찬 우유까지 더한다니, 건강 염려증이 만연한 세상에 책 속의 여러 원칙들 중 유일하게 '반박 가능한' 원칙이 되어버린 것 같다. 유기농 밀가루에 마스코바도 비정제 설탕이면 괜찮을까? 아, 아니야, 그래도 탄수화물인 건 변함없다고….

피아노곡 〈엘리제를 위하여〉에는 어머니가 내어주는 간식을 먹던 어린 시절의 기억들이 담겨 있는 느낌이다. 많은 사람들이 어설프게나마 칠 수 있는 피아노곡이기도 하다. 제목 속 '엘리제'가 실제로 누구인지에 대해서는 1900년대 초부터 최근까지 음악학자들 사이에 논란이 분분하다. 베토벤의 메모가 있어서 이런 이름이 붙었다는데, 성姓까지 써주었더라면 좋았을 것을. 악필로 유명한 베토벤이 '엘리제'라고만 써놓아 후보가 많아졌다고 한다.

고뇌하는 예술가, 혁명적 시민의 이미지에 독일의 영웅, 장애를 극복한 초인이라는 '베토벤' 이름의 층위를 생각하면 그의 모든 음악이 케틀벨 운동기구처럼 무거워질 지경이다. 그럴 때 이 곡의 첫 마디를 생각하면 그런 것들은 저절로 잊힌다.

이 곡을 포함해 자기가 좋아하는 곡의 악보를 한번쯤 인터넷에서 찾아보는 것도 추천한다. 유튜브에는 악보를 보면서 음악을 감상할 수 있도록 박자에 맞춰서 악보가 자동으로 지나가게 되는 것도 있다. 그 기호들을 보면 훨씬 즉물적으로 음악이 와닿을 것 같아서 권한다. 예를 들면 임윤찬의 라흐마니노프 〈피아노 협주곡〉. 눈을 감고 감정에만 빠져 있는 듯 보이는 연주자들이 실제로 얼마나 많은 콩나물 모양 음표들을 다 소화해 내고 있는 건지, 음표의 수만 대충 훑어보아도 연주 영상만 보는 것과 깊이가 달라질 것이다. 반대의 경우도 마찬가지다. 〈엘리제를 위하여〉의 몇 개 안 되는 음들을 눈으로 보면, 마치 한 줄의 하이쿠가 인생을 담아내듯 베토벤이 천지현황을 얼마나 조그맣게 몇 마디로 접어놓았는지 알 수 있게 된다.

『내가 정말 알아야 할 모든 것은 유치원에서 배웠다』의 작가는 이 짧은 노래에도 주목했다. 강의를 할 때 이 곡을 베토벤 〈교향곡 9번〉 '합창' 주제 선율에 맞춰서 부르게 시키기도 한다면서.

거미가 줄을 타고 올라갑니다
거미가 줄을 타고 올라갑니다
비가 오면 무너집니다
거미가 줄을 타고 올라갑니다

그리고 작가는 이렇게 설명한다. 이게 되는 이유는 두

곡 모두 역경을 이겨내는 삶의 능력, 모험과 끈기에 관
한 찬가이기 때문이라고.

베토벤, <교향곡 9번> 합창
지휘 리카르도 무티, 시카고 심포니

베토벤, <엘리제를 위하여>
정명훈(Pf)

Bitcoin, Beethoven, Banana

〈피아노 소나타 23번〉 열정

베토벤 《피아노 소나타》. 전체 32곡으로 이뤄진 곧고 바르고 아름다운 건축물이다. 종종 신약성서에 비유될 정도다. 형식에서 서양 클래식의 구조, 음형, 음향, 악기, 기술, 그 모든 것을 망라한 '교본'이라 할 만하고, 그 위에 정신적인 부분까지 깊이 파고들었기 때문에 '성경'의 레벨이라고 이야기되는 것 같다.

서양 클래식에 있어서 인간의 감정을 표현하기 위해서는 일단 기술이 담보되어야 한다. 베토벤 〈열정〉 소나타를 미스터치 없이 치는 그러한 기술. 미술 학원에서 몇몇 석고상을 수도 없이 '데생Dessin'하도록 시키는 일이나, 발레에서의 1~5번 자세, 현악기 음정의 갈고 닦음 같은 일들이 그래서 필요하다. 이 요구 사항들이 잘 지켜지고 그 직선들이 고르면 고를수록 소위 '완벽'에 가까워지고, '완전'한 신의 경지를 향해 가는 인간의 모습이 된다.

어떤 책에선● 화폐 시스템과 예술을 연관 짓는다. 즉 현대 화폐 시스템은 국가가 돈을 무한정 프린트할 수 있기 때문에 화폐가 금과 연동된 시스템을 벗어난 이후로 예술가에게 긴 시간 공을 들일 동기가 사라졌다고 말한다. "현대 예술가는 오랜 연습 기간을 들여 기술을 얻기보다는 허세·충격요법·분노·존재 불안 등으로 관객을 겁주고… 가끔은 유사 마르크스주의 같은 정치적 이상까지 덮어씌워 심각한 척하기도 한다."●● 라며. 현대미술이나 현대에 작곡된 클래식 음악에 대해서 이런 종류의 비평을 종종 마주치게 된다. 시스티나성당 벽화와 마크 로스코●●●의 그림을 비교하면서 "나도 그리

● 　사이페딘 아모스, 『달러는 왜 비트코인을 싫어하는가』(터닝포인트)
●● 　같은 책 p. 159~160
●●● 　같은 책 p. 161~162

겠네." 하는 식이다. 일리가 있다고는 생각한다. (흠, 기술적으로도 생각보다 쉽지 않을 텐데….) '해석'을 지우고 '결과물'에 직접 덤비면 바나나를 은색 테이프로 화랑 벽에 붙인 작품*이 620만 달러에 낙찰되는 일 따위, 공격할 구석은 정말 많으니까.

하지만 요한 제바스티안 바흐, 볼프강 아마데우스 모차르트, 루트비히 판 베토벤 같은 위인이 아직도 유명하고 그들의 음악이 살아남았다고 해서 마치 그들의 작품만이 불가침의 '예술성'을 가졌다고 믿는 건 어불성설이다. 어떤 시대고 무명의 작곡가부터 즉흥적으로 연주된 음악까지, 그 시대의 사람들에게 감동을 준 바닷가의 모래알만큼 많은 작품이 있다. 또, 과거 특정 시간에 사랑받았던 작품이라도 지금 사람들의 귀에 딱 떨어지지 않으면 슬쩍 다시 묻히기도 한다. 그러다 다시 파도에 휩쓸려 발견되기도 하고. 말하고 싶은 건, 특정 스타일-예를 들면 미술에 있어서 황금비율의 인물에 도자기 같은 피부 표현-이나 기술을 '정답'이라고 해버

●　〈코미디언〉, 마우리치오 카텔란의 설치미술

리면 그다음이 없다는 거다. 수많은 모래알을 파도에 휩쓸리게 두지 않으면 굉장히 경직된 작품만을 보게 될 것이다.

라스베이거스의 프랭크 게리 건축 '클리블랜드 클리닉 루 루보 뇌 건강센터LRCBH'를 보면, 클리닉과 연구소임에도 불구하고 프랭크 게리 특유의 휘어진 강철판과 찌부러진 듯한 독특한 구조를 보게 된다. 여러 겹으로 된 이 괴상한 모양의 건물을 짓기 위해서는 하나하나의 판에 바코드를 붙여서 순서와 모양을 맞춰야 했다. 역시 게리의 작품인 LA의 '월트 디즈니 콘서트홀'과 마찬가지로 문과 프레임과 가구는 벌꿀색의 더글러스 전나무를 썼는데, 콘서트홀에서 이 전나무가 '나무로 만든 악기'와의 연결성을 강조했다면, 뇌 건강센터에서는 고요한 분위기를 위해 쓰였다. 마치 성당 같은 위풍당당함까지 주는 건물의 입구는 이 건물이 기능을 시작한 2010년의 건축주와 건축가, 시장市長과 시민, 기술과 미의식, 그런 것들을 보여준다. 세상에서 가장 아름다운 건축물이라고는 말하지 않겠지만 우리 시대 문명의 작은 지문이다.

앞에서 언급한 책에서 '유일하고 절대적임'을 인정한 비트코인이 실제로 지금보다 훨씬 많이 쓰이는 단계에 도달했을 때, 인간과 예술의 모습이 어떨지 지금은 상상도 되지 않는다. 지금의 자동차가 말이 끌던 마차의 구조에서 영향을 받았듯이 지금의 모습에서 괴상하게 진화해 가겠지 짐작만 할 뿐. 그건 그렇고, 아까 그 바나나에도 괴상한 일이 있었다. 카텔란 작품의 보증서와 제작 매뉴얼을 산 사람은 막대한 부를 지닌 30대 암호화폐 사업가 저스틴 선이었는데, 구입 일주일 후 기자들을 모아놓고 낙찰받은 작품인 바나나를 떼어내 베어 먹는 퍼포먼스를 벌였다. 그렇게 유명해지기로 했나 보다. 2019년의 문제작, 〈코미디언〉은 이렇게 제 몫을 하는 중이다. 저스틴 선, 역시 돈이 일하게 하는군!(찡긋)

예술가의 집

〈피아노 소나타 30, 31, 32번〉

한국인은 마루의 민족이다. 집에 소파가 있어도 바닥에 앉아서 소파에 등을 기대는 사람이 많다. 예전에 판소리 같은 한국 음악도 대청마루에서 많이들 감상했다. 이런 마룻바닥에 앉아서 클래식 공연을 감상한 적이 있다. 이 놀라운 시도는 이미 23년이나 되었다.● 대학로의 '예술가의 집' 이야기다. 이곳에서 열리는 '더하우스콘서트'에서는 마룻바닥에서 음악을 들을 수 있다. 한 번쯤 경험해 보길 추천한다. 다른 어느 곳에서도

● 처음엔 대표의 집에서 열리다가 2014년부터 동숭동에서 열렸다고 한다. (《객석》 2023년 11월 호 기사 참조)

찾기 힘든 콘셉트이고 연주자 라인업이 좋다.

KBS ClassicFM의 프로그램, 피아니스트 김주영 님 진행의 〈KBS 음악실〉에서 음악가를 인터뷰하고 음악회를 소개하는 '콘서트 즐겨찾기' 코너를 7년간 진행하며 이곳도 수회 방문했다. 예를 들면 지휘자이자 피아니스트 김선욱 님과 에네스쿠 음악 콩쿠르 최연소 우승자 첼리스트 한재민 님을 인터뷰하고, 연주도 소개했다. 허나 뭐니 뭐니 해도 이곳에서 가장 감명을 받았던 순간은 베토벤 소나타 전곡 릴레이 연주회가 열린 날이다. 연주회는 오전 11시에 〈소나타 1번〉을 문지영 님이 연주하기 시작해서 한 번호에 한 연주자씩 32인의 피아니스트가 등장해 13시간 동안 전곡을 연주해 나갔다. 한국 피아노계의 대모로 불리는 이경숙 교수님부터 서울대의 최희연, 아비람 라이케르트 교수님, 임주희 님, 박종해 님 등 젊은 연주자들까지 한 곡씩 맡아 연주하고, 관객들은 작은 강당의 마루에 앉아서 이 곡들을 코앞에서 들을 수 있었다.

나는 아무래도 '대미大尾'를 듣고 싶어서 마지막 네 곡

(29번 최희연 님, 30번 이택기 님, 31번 김송현 님, 32번 박종해 님)을 들었는데, 이런 기획이 가능한 한국의 클래식 연주자 풀pool에 한 번, 그리고 진지하게 음악회에 임하는 관객의 자세에 두 번 놀랐다. 나중에 안 사실인데 전곡을 10시간 넘게 한자리에서 들은 관객도 40명이나 있었다 한다. 뜨거운 학구열의 민족이다!

이곳의 대표는 피아니스트이자 작곡가 박창수 님인데, 서울대 작곡과 출신이라고 한다. 소문과 기사에 의하면 이분이 연주하는 '프리 뮤직'이라는 시리즈 연주회에서, 마지막에 무대 마룻바닥에 드러누운 적도 있다고 한다. 역시 마루와는 떼려야 뗄 수 없는…! 어디엔가 누워보면 알겠지만 시각이 매우 달라진다. 앉아서 보는 것, 서서 보는 것과는 전혀 다르다. 짐작건대 그분이 보여주고자 했던 건 무언가를 다른 방향에서 보는 시도였던 듯하다. 혹은 극장과 무대라는 엄숙한 공간에서도 벌렁 누워버릴 수 있는 자유로운 예술가의 영혼 그 자체?

현재 '더하우스콘서트'가 열리고 있는 '예술가의 집'은

식민지 시대에 건립된 경성제국대학의 본관으로 후에는 서울대학교 본관으로도 쓰였다. 근대 건축가 박길룡의 작품이고 사적史跡이기도 하니까 대학로 근처에 가면 들러보아도 좋을 것이다.

베토벤, <피아노 소나타 30, 31, 32번>
이택기·김송현·박종해(Pf)
더하우스콘서트 당일 실황 영상

꼭 그래야만 속이 후련했나

〈현악 사중주 16번〉 4악장

클래식 음악 신scene에서 가장 유명한 질문이 하나 있다.

"그래야만 하는가?(Muss es sein?)"
"그래야만 한다!(Es muss sein!)"

질문과 대답의 주인이 베토벤임을 알고 있었다면 음악 관련 책깨나 읽은 것! 그리고 이에 대한 해석 중에서 베토벤의 비서 쉰들러가 '가정부의 월급을 올려주느냐, 마느냐'에 대한 이야기라고 한 주장이 있다는 사실까지 알고 있으면 클래식 음악 책을 꽤 열심히 읽는 독자라고 할 수 있겠다. 그렇지만 '가정부 월급 인상설'보다는 베토벤의 현악 사중주들이 워낙 현학적인데다 이 말이 남아 있는 그 곡의 4악장에 질문과 대답처럼 들리는 부분도 있어서 곡에 대한 이야기일 것이라는 추측이 우세하다.

'인생은 짧고 예술은 길다'는 말처럼 악보가 오래 남아서 작곡가들의 '이야기'를 전하고 있지만 그 속에 담긴 작곡가의 진짜 마음, 진짜 의도, 진짜 바람은 음표로만 전달받게 된다. 마치 암호처럼. 괴테가 "지적인 사람들이 나누는 대화"에 비유한 현악 사중주라는 장르도 물론 그 음향이 대화처럼 들리기는 하지만, 정확히 무슨 이야기인지는 알 수 없다. 그런데 또 미묘하게도 외국의 언어로 이뤄진 어떤 대화는 그 언어를 모르면 아예 접근할 수 없는 반면, 음악으로 된 대화는 감정에 직접 와닿는다. 베토벤은 독일인이었지만 독일인도 정확한 내용을 모르긴 마찬가지이니까?

이런 암호를 풀기 위해 연주자들은 악보에 숨겨진 힌트들을 최대한 찾아내려고 온 힘을 다한다. 연주자들을 인터뷰해 보면 공통적으로 악보에 남겨놓은 것들을 찾아내려고 애쓴다는 말을 한다. 볼 때마다 새로운 것을 발견한다고도 하고. 문학으로 생각하면 '텍스트'인 것인데, 음향만 있는 텍스트이다.

기본적인 접근 순서를 대략 보면, 첫째는 어느 음을 기반으로 쓰였는가 하는 '조성調性', 또 악보의 맨 앞에 적힌 알레그로, 안단테 등의 '빠르기', 그리고 물론 음표들, 그 아래위로 적힌 *f*, *p* 같은 '셈여림', 그 밖에 반갑게 직접 적어놓은 지시 사항들이 있다. *espressivo*는 '표현적으로', *cantabile*는 '노래하듯이'라는 식이다. 모든 음악이 '표현적으로', '노래하듯이' 연주되어야 하지만 작곡가가 이렇게 쓴 부분에서는 더, 더 그렇게 하려고 노력해야 한다.

또 러프rough하게 말하면, 바흐가 포함된 바로크 시대에는 악보에는 조금만 쓰고 연주자에게 즉흥적인 꾸밈음이나 선율을 많이 맡겨놓은 반면(심지어 그 선율을 연주할 악기도 꽤 유동적이었다.) 베토벤, 차이콥스키처럼 모던해진 후에는 더 꼬치꼬치 자세하게 적고, 그 의도를 반영할 것을 연주자에게 주문했다. 그래서 음표와 지시 사항이 이미 많은데도 사람들은 악보에 흘려 쓴 문구에 또 집착하는 거다. 의미를 알면 더 좋은 연주, 작곡가의 의도에 더 가까운 연주를 할 수 있지 않을까 싶어서.

오래 연주회를 다니고 리뷰를 쓰면서, 연주회를 평가하는 나만의 기준이 몇 가지 생겨났다. 그중 하나는 '이 작곡가가 만약 오늘 객석에서 자기 작품을 들었다면 어떻게 느꼈을까' 하는 거다. 내 생각에 바흐는 악기의 변화들 때문에 연주회의 시작 부분에는 흠칫 놀랄 거 같고(기준이 되는 음의 피치pitch도 꽤 높아졌으니까.) 모차르트는 자신의 음악을 들으면서 1~2시간 동안 또 새로운 곡들의 주제를 머릿속에 한 10곡쯤 떠올리지 않을까? 차이콥스키는 시대적으로 제일 가까운(?) 만큼 엄청 놀라진 않을 것 같다.

베토벤이 한국에서 열리는 연주회에 온다면 꽤 만족할 것 같다. 특히 피아노 독주 연주자들의 연주회. 한 음 한 음, 음량 지시 하나하나, 조성과 악상 표시 하나하나에 그렇게 진지할 수가 없다. 때로는 어깨를 툭툭 두드리며 "그렇게까지 무겁게 생각하지 말게나."라고 말하지 않을까 싶을 정도다. 혹은 객석에서 눈을 감고, 자신의 '지시'들이 면면히 전달된 모습에 흐뭇해하며 "자세히 써놓길 잘했어, 나 자신." 하실까.

앙코르에 대해 어떻게 생각하는지? 기본적으로 나는 한국의 '박수 인심'에 대해 좀 꼬인 마음을 가지고 있다. 한국 사람? 착하다. 그래서 무대 위에서 애쓴 사람들에게 인심 좋은 박수로 격려도 하고 흥도 푼다. 그런데 나는, 전부 100점을 받으면 진짜 많이 노력해서 혹은 꽤 크게 차별성이 있어서 더 많은 점수를 주고 싶은 사람에게 '차이 나는' 점수를 줄 수 없다는 점이 마음에 걸린다.

그래서 매번 100퍼센트의 박수를 치지는 않는다. 물론, 팔짱 탁 끼고 '흥, 너는 오늘 50점이다!' 하고 미운 마음을 먹는 건 아니다. 다만 나의 '찐' 환호, '찐' 100점 박수를 매번 주지는 않겠다고 생각하고 있다. 그건 80점대 친구들에게 '잘 좀 해라'라는 의미가 아니고 100점짜리 연주회에 '당신을 정말 존경합니다'를 담는 의미라고 생각한다.

박수와 관련해 가끔은 좀 속상할 때도 있다. 크게 나누면 두 가지 경우라고 생각된다. 1) 인기가 아주 많은 유명 연주자가 왔을 때 지나치게 앙코르를 중시해서 연주회 전체의 구조가 불균형해지는 경우. 2) 설익은 앙코르로 연주회의 끝인상이 주르륵 내려가는 경우. 두 경우 모두 속으로 '열받는다' 하면서 집에 가게 된다.

첫 번째의 경우, 한국 관객이 앙코르를 중시하고 좋아한다는 것은 이미 국내외 유명 연주자들도 다 알고 있다. 그런데 사실 그들이 온 힘을 다해 기획하고 준비하는 것은 본 프로그램이다. 우리가 2시간짜리 영화를 보고 나서 "혹시 덤 없나요?" 하지 않는 것처럼, 본 프로그램은 그 자체로 완결이다. 가끔 연주회가 끝나고 앙코르가 없거나 한 곡일 때 관객들이 "한 곡 더 하면 뭐 닳

는가?" 하는 식으로 불만을 표하며 퇴장하는 것을 보기도 하는데, 이건 잘못이다. 연주자가 "이 곡, 이 곡 잘 준비해서 연주하겠습니다."라고 미리 이야기했고 그 곡들을 잘 치면, 그 연주회에서 계획된 모든 것은 이미 이뤄졌다 볼 수 있다. 앙코르를 안 했다고 관객을 중시하지 않았거나 준비성이 부족하거나 한 것이 아니다. 오히려 모든 에너지를 본 프로그램에 쏟아서 더 밀도 있고, 더 완성도 있는 연주를 보여주는 것이 관객을 위한 일이다. 가장 안타까운 건 유명 연주자가 앙코르를 계속 계속하게 만들고, 그게 마치 '가성비' 있고, '이득'이고, 한국 관객을 좋아하는 것이고, 이런 식으로 흘러가는 거다. 물론 드물게 유명 연주자가 그날 '그분이 강림해서' 진짜 완성도 있는 앙코르를 흥이 나서 다섯 곡, 여섯 곡 하는 경우도 있다. 천 몇백 명이 환호하면서 열기로 뜨거워진 콘서트홀에서 어떤 연주자와 '뜨거운 시간'을 갖는 일도 가끔은 일어난다. 그런데 앙코르가 지나치게 많이 나오는 '내한 연주'는 '앙코르를 위한 앙코르', '입소문을 위한 앙코르'인 경우가 꽤 있다. 말하자면 관객 달래기?

이탈리아 '라 스칼라' 극장의 관객들은 심한 경우 야유까지 할 정도로 박수 인심이 예민하기로 유명했다는데 그 정도는 아니더라도 '한국 관객은 무조건 앙코르만 많이 하면 좋아하더라' 이런 인상은 주지 않았으면 좋겠다. 한국 관객은 이미 열정적이고 호응이 좋은 관객이다. 관객층도 젊은 편이고. 그러니 앙코르곡 수에 집착만 조금 내려놓았으면 한다.

두 번째의 경우도 종종 일어나는데, 포인트는 '준비 안 된' 앙코르다. 이 경우에는 한 곡이든 두 곡이든 아쉽다. 음악회에서 첫인상만큼이나 여운을 품에 넣고 집에 가는 '끝인상'도 관객 입장에선 중요하다. 기껏 본 프로그램 잘해놓고 앙코르에서 크게 흔들리면 괜히 여운만 흐트러지는 셈이기에. 본인도 아마 속상할 듯하다. 준비가 안 되어 있다면 관객을 조금 애태우더라도 과감하게 앙코르를 안 하는 편이 낫지 않을까.

물론 이상적인 앙코르 상황도 있다. 1) 본 프로그램이 잘 준비되어 잘 연주됐고 2) 관객이 음악회를 보면서 흥이 많이 올랐으며 3) '당신을 보내주기 싫어요' 하는 박수를 계속 쳤고 4) 연주자는 계획된 대로(?) 많은 박수를 받으며 여러 번 무대 뒤로 들어갔다 나와서 '아 이것 참' 하는 제스처를 보이다가 5) 박수를 '못 이겨' 자리에 앉아서 6) 완성도 높은 앙코르로 마치 정찬의 화룡점정 디저트 같은 맛있는 밤으로 관객을 인도한다. 아, 생각만 해도 좋다.

내가 경험한 가장 최근의 이런 예로 피아니스트 랑랑의 내한 연주가 있었다. 그는 기술 점수와 예술 점수(말하자면 그렇다는 거다.)가 공히 최고 수준인 본 프로그램을 마치고, '아이참, 이놈의 인기', '저를 좀 덜 좋아하세요, 핫핫핫' 하는 여러 번의 커튼콜을 선보인 뒤 최근 화제가 된 쇼팽의 미발표 '왈츠'를 포함한 세 곡을 맛난 디저트 세 점처럼 서브한 뒤 총총 사라졌다. 연주회 전보다 랑랑을 두 배쯤 좋아하게 된 것은 물론이다. 이 맛에 연주회장 가지 하는 그런 밤이었다. 결국 '해외 유명 연주자'가 '세 곡이나' 연주한 것을 좋아한 걸 보니 나 '한국 사람' 맞네. 나의 변명은, 랑랑이 무지무지 잘하더라는 거다.

Ⅲ

나를 위한 가을 바흐

바흐의 음악에는 가을의 깊이가 있다. 그는 악보 위에 S. D. G
(Soli Deo Gloria, '신께 영광을')라고 적어두며, 자신의 음악이 어디를
향하는지 분명히 했다. 그 신실함과 근면함은 음악 속에 고스란히
스며 있고, 작곡 기법 또한 단단하고 질서정연하다.

바흐의 음악은 나를 들뜨게 하기보다 가라앉힌다. 바깥으로 향하던
시선을 조용히 거두어, 내 안의 더 깊은 곳으로 데려간다.

가을 숲처럼, 고요히 자신을 돌아보게 하는 음악이다.

요한 제바스티안 바흐(Johann Sebastian Bach, 1685~1750)

활동 당시에는 훌륭한 오르간 연주자, 하프시코드 연주자, 푸가의 귀재로 유명했으나 작곡가로서는 옛 형식에 집착하는 것으로 여겨졌다. 바로크 시대(1600년경~1750년) 음악 양식에 정통해 대위법을 사용한 수많은 걸작을 남겼다. 협주곡, 관현악곡, 건반악기를 위한 작품, 현악기 무반주 독주 작품, 성악 작품, 수난곡을 포함한 종교 작품 모두에서 구조적, 음악적으로 최고의 기준을 제시하며 베토벤, 슈만, 브람스를 포함한 수많은 작곡가들에게 지대한 영향을 주었다. 작곡가 사후 고전주의 시대를 거치는 동안 잊히는 듯했던 그의 작품은 19세기 초 멘델스존에 의해 그 가치가 재발견되었다. 또한 그의 <무반주 첼로 모음곡>은 첼로 연주자 파블로 카잘스에 의해 한층 널리 알려졌다.

좋은 파트너

〈무반주 바이올린 소나타 1번〉 아다지오

존재.

둘이 함께하는 춤을 배우며 나는 깨달았다. 몸으로 "나를 안아 주세요." 요청하는 것이 아니라 "나 여기 존재하고 있어요." 하고 알려주어야 한다는 걸. 그래야 상대 역시 흔들리지 않고 자신의 춤을 출 수 있고, 그때 진짜 춤이 시작된다는 걸.

아다지오의 첫 화음은 가장 부드러운 나의 존재. 먼 곳으로부터 온 나의 근원. 깊고 푸른 우주와 같다. 이미 무언가 시작되어 버렸고, 태어난 나는 흐름을 따라가야 한다. 변화와 돌출은 필연이지만 아직은 단지 부드럽고 평화롭다. 아기의 볼을 만지듯이, 고양이의 배를 쓰다듬듯이.

바흐의 음악은 수학적이다. 서양음악 자체가 수학의 표현이라 할 만하다. 서양음악의 기초가 되는 피타고라스 음계를 보면 완전 5도 간격의 비율을 이용해서 음을 쌓도록 되어 있다. 기본 음 주파수에 3:2의 비율을 곱해서 다음 음을 구하는데, 이런 식으로 반복해서 음을 찾아나가서 하나의 옥타브가 이뤄진다. 물론 이 음계에서 시작해서 바흐의 평균율로 조정을 거치긴 했지만 음계의 형성 자체가 수학적 원리로부터 시작됐다.

신경정신의학자 올리버 색스의 책『아내를 모자로 착각한 남자』에는 12자리 소수를 찾아내 수열로만 대화를 나누는 쌍둥이 천재 이야기가 나오는데, 그런 대화라 할지? 바로크 시대 악보에는 '숫자 저음'이라고 해서, 하나의 음표 아래 숫자를 써놓아서 음을 찾아내 화성을 만들도록 된 것도 있다. 언어가 아닌 수와 주파수를 통한 대화. 바흐 음악의 핵심인 '대위법' 역시 하나의 선율이 똑바로, 2배속으로, 혹은 반전된 모양으로 반복되거나 겹쳐서 진행되면서 그 와중 만들어지는 음 사이 간격은 듣기 좋게 맞아떨어져야 하는 엄격한 수학이다.

그래서일까. 1977년 우주로 인류의 문명을 담아 전송한 보이저호의 '골든 레코드'에는 바흐의 〈브란덴부르크 협주곡〉이 들어가 있다. 『코스모스』의 저자인 칼 세이건의 음악 취향도 반영되었다고 하는데, 바흐 음악에서 이런 '수학적인 면'을 읽을 수 있다는 것도 영향을 미쳤을 것 같다. (우리 문명, 이 정도야!) 중국 소설 『삼체』에도 외계인들이 여러 힌트를 통해 지구 문명의 수준을 파악하는 내용이 나온다. 지금이라면 세계인의 사랑을 받고 있는 BTS의 음악으로 우리 문명의 수준을 짐작하게 될까?

춤을 가르쳐 준 선생님은 내 발밑이 지구의 중심을 향하게, 머리끝은 똑바로 저 위 우주를 향해서 쫙 펴진 느낌이 들도록 서라고 말했다. 선생님도 그렇게 자신이 올

바로 축을 잡고 서 있다는 느낌을 받을 때 짜릿한 기쁨을 느낀다고. 그렇게 자력으로 단단하게 서 있을 때, 또 다른 축이 잘 잡힌 상대와 만나 좋은 춤을 출 수 있다.

이상적으로는 내 발밑의 에너지가 나선형으로 머리 쪽으로 가서 마주 잡은 손을 통해 상대의 몸을 관통해 상대의 발끝까지 나선형으로 내려가는 식이어야 한다. 그리고 뭔가 두 사람 사이의 공간에 기운의 에너지가 소용돌이쳐서 끈끈하게 이어진다. 이런 움직임은 바흐 〈바이올린 소나타 1번〉의 선율들이 끊임없이 서로 에너지를 주고받으며 순환하는 모습과도 비슷하다.

앞에서 이야기한 소수를 서로 맞추며 '수數의 대화'를 하던 쌍둥이는 8만 년 안의 모든 날짜의 요일을 즉각적으로 맞출 수 있었다 한다. (42025년 5월 8일은 무슨 요일?) 그렇지만 둘을 억지로 떼어놓으니 그런 비상한 능력들은 사라지고 그저 '결함 많은' 사회인이 되었다 한다. 맞잡았을 때 서로를 빛나게 하는, 굿 파트너를 만나고 싶다!

바흐, <무반주 바이올린 소나타 1번> 아다지오
제임스 에네스(Vn)

인간 소망의 기쁨

<칸타타 147번 마음과 행동과 생명으로>

조엘 오스틴.

텔레반젤리스트(텔레비전과 전도사를 뜻하는 에반젤리스트를 합친 말)라고도 불리는, 영향력이 막강한 미국 개신교 목사님이다. 한국에서도 대형 베스트셀러였던『긍정의 힘』의 저자이기도 하다. 매주 4만 5천 명이 꽉꽉 들어차는 레이크우드 교회 설교는 TV로, 유튜브로 전세계인에게 전해지고 있다.

처음 이분의 설교를 들은 것은 앞서 이야기한 적 있는 나의 '고난의 시기' 뉴욕에서다. 맨해튼의 한 스튜디오에 혼자 살면서, 미국 TV 방송에서 이분의 목소리를 만났다. 미국에서 '가장 많이 시청되는 프로그램'으로 뽑히기도 한[•] 설교는 단박에 내 눈과 마음을 사로잡았다. 힘든 상황 속에서 위로를 찾아 헤매던 나의 마음.

마음에 콱 들어와 박힌 내용은 이런 것이었다. 하나님이 필요한 사람을 계속 보내주신다는. 특유의 신나는 표정으로 검지를 위로 향하며 "He sends that person to you, today!(그분은 그 특별한 사람을 오늘, 보내주십니다!)" 하는데 조금 설렜다. 내용상 오늘 보내주시지만 오늘 만난다는 건 아니고, 필요한 날(?) 만나게 해주신다는 것 같았다. 그 한마디에 가슴이 뭉클하고 희망이 몽글몽글, 눈물까지 찔끔 났다. 그럴까. 정말 그런 날이 올까.

예수는 나의 기쁨이요, 나의 맘의 위로와 활력이시도다
예수는 모든 슬픔을 막아주시니, 그는 나의 삶의 능력이요
내 눈의 즐거움과 햇빛이시며, 내 혼의 기쁨과 즐거움이로다
그러므로 나는 언제나 예수를 맘에 모시고 바라보리라

[•] 닐슨 미디어 리서치, 2000년대 중반 시청률은 95%에 이른다고 한다. (2024년 AP 기사에서 인용)

바흐 〈칸타타 147번 마음과 행동과 생명으로〉의 6번째, 10번째 곡의 가사로 예수 믿는 즐거움을 그리고 있다. 성모 마리아 방문 축일을 기념하는 곡인 만큼, 원래의 편성에는 트럼펫과 오보에처럼 입으로 부는 악기가 들어가서 더 '하늘로 올라가는 듯한' 효과가 있는 것 같다. 피아노 독주를 비롯해서 첼로나 기타 같은 다양한 악기로 자주 연주되는 선율이다.

"오늘, 보내주십니다!" 이 설교 영상을 다시 보고 싶은데, 세월이 너무 흘렀나 찾지 못했다. 이런 식으로 내용은 아는데 찾지 못하고 있는 영상이 하나 더 있다. 내가 인정하는 래퍼 이영지가 언젠가 쇼에서 부른 노래의 영상인데 "비밀번호 변경하기만큼 의미 없는 질문…." 이런 가사가 있는 랩이 나온다. 비밀번호 바꾸겠냐 물어볼 때마다, 그리고 '다음에 변경하기'를 누를 때마다 너무 와닿아서 찾고 싶다. 가사로 검색해도 안 나오는데 아시는 분 연락 좀.

바흐, <칸타타 147번 마음과 행동과 생명으로>
네덜란드 바흐 소사이어티

Bar 평균율

《평균율 클라비어곡집》

을지로, '힙'하다고 해서 '힙지로'. 2년 전쯤 을지로의
〈Bar 평균율〉이라는 곳에 갔다. 평균율이라는 가
게 이름, 마음에 들었다. 클래식음악 하는 사람이라면
'Bar 평균율'보다는 'Bach 평균율'이 익숙하겠지만.

평균율. 서양음악에서 음계를 조율하는 방식 중 하나
이다. 나는 이 복잡한 설명을 듣다 보면 서양 달력을 생
각하게 된다. 우주의 순환에서 1년이 정확히 365일이
되지 않기 때문에 4년마다 한 번씩 윤년을 만들어서 그
주기를 맞추는 것처럼 도레미파솔라시도, 도에서 도까
지 한 옥타브 여덟 음 사이의 간격도 약간의 '조정'을 거

쳐서 평균율의 간격이 되었다. 미세한 차이지만 더 자유로운 음악 속 변화를 위해서 필요한 조정이었다.

영어로는 'Well-tempered'. 왠지 심성이 착한 사람을 가리킬 것 같은 형용사. 바흐 이후에는 이 조율 방식을 기본으로 하는 음계로 서양음악이 작곡되어 왔고, 그런 면에서 바흐 이후 고전, 낭만, 현대, 현대의 팝 음악까지도 평균율의 기초 위에 서 있다. 우리가 오늘날까지도 서양 달력으로 약속을 정하는 것처럼.

바흐는 이 음계로 가능한 모든 조성을 사용해서《평균율 클라비어곡집》을 작곡했는데, 각 조마다 '전주곡'이라는 의미의 '프렐류드' 한 곡, 그리고 '푸가' 한 곡으로 이뤄져 있다. 푸가는 주제를 여러 성부에서 돌아가면서 제시하는데 그 주제의 여러 요소들을 속도, 높이, 방향, 대칭, 등등으로 변화를 주면서 서로 어울리게 이끌어가는 형식이다. 얼마나 복잡하고 수학적이고 어려운지 악보를 펴놓고 하나하나 형광펜으로 표시해도 헷갈릴 정도이다. 이미 만들어진 작품을 분석만 해도 두통이 생길 지경인데, 전체를 구상해서 실제로 작곡한 사람은 훨씬 더 높은 어느 경지엔가 있음이 분명하다. 바흐는 이런 수학적으로 완벽하면서 듣기에도 아름다운 곡을 엄청나게 많이 작곡하면서 자식도 스무 명이나 낳았고(모두 생존하진 못했지만) 신앙심도 투철했다. '음악의 아버지'라고 불리기에 모자람이 없는 정말 뛰어난 인간이었다.

이렇게 뛰어난 인간이 있는 반면, 찬송가 작곡은커녕 어쩌다 한 번 제대로 기도하기도 어려워하는 나 같은 이도 많을 것이라 본다. 왜 이런 차이가 날까? 신은 왜 누구한테는 많은 것을 주고, 누구한테는 아무것도 주지 않는 걸까? 아이러니하게도 이런 생각을 본격적으로 할 때 바흐의 음악은 매우 잘 어울린다. 특히《평균율 클라비어곡집》. 반복되면서 규칙이 있고, 규칙이 있으면서도 희로애락의 감정이 찰랑찰랑 넘치는 이 자분자분한 피아노곡을 듣다 보면 어딘가 블랙홀 같은 데로 빠져드는 것 같다. 끊어질 듯 끊어질 듯 어디선가 다시 시작되는 선율들이 마치 꼬리에 꼬리를 무는 상념들 같다.

바이올린을 전공한 나에게 바흐란 늘 '시험'과 연결되

는 작곡가였다. 예술고등학교 입시도, 대학교 입시에서도. 그때에는 당락에 집착하느라 바흐의 우주, 바흐의 뛰어남, 바흐의 블랙홀 같은 건 생각하지 못했었다. 왼손 손가락(기타처럼 화음을 짚어야 하는) 테크닉의 어려움 호소인이었다고나 할까. 이제 거울 앞에 돌아와서야 우주에서 들리는 것 같은, 또는 우주를 향해 신호를 보내는 것 같은 바흐 '프렐류드'의 심오함을 바라보게 되는 것 같다. '프렐류드'의 첫 화음 하나만으로 내 존재를, 그 중대함과 덧없음을 느끼게 되었다. 음 사이사이를 '이븐even'하게 만든 르네상스인의 틀로 일생의 일용할 양식이 될 빵을 구운 음악의 아버지께 감사하며, 비로소 바이올린으로 기도한다.

《평균율 클라비어곡집》프렐류드와 푸가 1번
타티야나 니콜라예바(Pf)

So Cool KBS

〈푸가〉

세상에서 제일 쿨한 방송사는 KBS다!

내가 KBS TV, KBS홀에서 MC로 일하고, KBS Classic FM 라디오 PD로도 근무하며 최근까지 근 20년을 참새 방앗간처럼 들렀기 때문… 은 아니고, 시각 장애인 아나운서를 고용했기 때문이다.

KBS 최초의 시각 장애인 아나운서 이창훈 님. 외국의 방송국에서도 거의 시도하지 않은 대단한 결정이어서 2011년 당시에 정말 감탄했다. 아쉬움이 있다면, 20년 정도 오래 근무했으면 좋았을 텐데 계약직으로 잠시만 일했던 것 같다. 손으로 점자를 읽으면서 뉴스를 전하는 모습! KBS의 이런 틀을 깨는 발상이 훌륭하다. 그야말로 이런 정치적으로 옳은politically correct 스탠스가 외국 미디어를 포함해 좀 더 알려지고 영향을 끼쳤다면 신체적으로 어려움이 있는 분들에게, 특히 그런 아이들에게 좋은 모델이 되었을 것 같다.

'공영방송' 이야기에는 늘 많은 논쟁이 따른다. 한국, 영국, 일본 등이 보통 서로 비교 대상이 되는데, '공영방송'이 아니었다면 존재조차 힘든 클래식음악 방송에 주로 출연했던 나로서는 필요성을 느끼는 편이다. 말하자면 시청률이나 청취율로만 따질 수 없는 무형의 가치가 있다고 생각하는 편?

무라카미 하루키는 좀 다르게 생각한 듯하다. 『1Q84』에 지독한 NHK 수신료 징수원이 나온다. 소설의 얼개를 뚫고 나올 정도로 강력한 이 징수원은 소설 속에서 계속 현관문을 두드린다. "거기 있는 거 알고 있다."면서. 그리고 안에 사람이 있으면서 대답하지 않는다는 가정 아래 끝없이 자기 이야기를 늘어놓는다. 개인적인 이야기, 가족 이야기…. 안에 있는 사람에게 "이런 이런 생각을 하고 있겠죠?"라면서 추측과 편견을 쏟아낸다. "저는 비호감입니다. 평생 그래왔어요." 하면서 묻지도 않은 자신의 캐릭터를 줄줄 이어나간다. 읽고 있으면 문 두드리는 소리와 말소리가 정말 귓가에 들리는 것 같고, '이 사람 도대체 왜 이래?' 하게 된다. 이 장면에 이렇게 큰 볼륨을 준 것을 보면 하루키도 공영방송 '주의자'는 절대 아닌 듯하다. 물론 징수원이 그저 징수원이 아닌, '나'를 따라다니는 과거의 기억 혹은 내 귓가에 뭔가를 외치는 나 자신의 트라우마를 상징할 가능성도 농후하다.

하루키 소설 속 음악 중에선 『1Q84』의 도입에 나오는 야나체크의 〈신포니에타〉라든지, 『색채가 없는 다자키 쓰쿠루와 그가 순례를 떠난 해』 속의 리스트 〈순례의 해〉처럼 음악이 치고 나오는 예가 많이 거론되는 편이다. 하지만 내가 주목한 곡은… 『노르웨이의 숲(한국어판 제목: 상실의 시대)』 뒷부분의 기타로 연주되는 바흐 〈푸가〉이다. 앞의 두 예에 비하면 그저 손가락이 슬쩍 스치는 정도로 지나가는 곡이지만 기억에 또렷이 남아 있다. 죽음으로, 확실하게, 여지없이 이별당한 두 사람이 서로를 위로하는 그런 밤에라면 바흐 〈푸가〉, 그중에서도 아마추어가 기타로 야금야금 연주해 가는 〈푸가〉가 제격일 것 같다. 기술적으로 완벽하지 않은 연주라도 둘의 체온이 더 내려가지 않도록, 엉엉 울어버리지 않도록 지켜줄 수 있는 곡. 거미줄처럼 여리지만, 거미줄처럼 강인한.

바흐, <무반주 바이올린 소나타 2번> 푸가 (기타 버전)
타티야나 리츠코바(Guitar)

엄지원, 엄지 척

〈무반주 파르티타 2번〉 샤콘

영화나 드라마에서 악기 연주 장면이 나오면 유심히 보게 된다. 아무래도 직업병인 듯하다.

내가 가장 인정하는 영화 속 연주 연기 장면은 한국 영화에 나온다. 주인공은 바로 배우 엄지원! 2004년 영화 〈주홍글씨〉에서 엄지원이 쇼스타코비치 〈첼로 협주곡〉을 오케스트라와 협연하는 장면은 정말 뛰어났다. 실제 첼리스트보다 더.

첼로를 능숙하게 연주하는 '모습'뿐 아니라 그 안에 담긴 곡의 감정과 역할의 감정까지 잘 표현했다. 연출가도 협주곡이라는 장르의 성격과 쇼스타코비치〈첼로 협주곡〉의 성격, 그리고 연주 장면에서 드러나야 하는 극적 요소에 대해 철저하게 분석하고 준비했음이 분명하다. 오케스트라 단원들과 지휘자까지도 잘 협조했겠고. 영화〈주홍글씨〉자체는 어둡고, 음울하고, 바닥을 끝까지 파 내려가는 그런 이미지였던 것 같다. 마음이 힘들어지는 그런 영화였다는 기억.

바이올린 연주로 칸영화제의 주목까지 받은 영화로 1994년에 만들어진〈Violin Player〉가 있다. 그 영화 역시 오래되어 기억은 희미하지만 '떠돌이 악사' 바이올리니스트가 지하철에서 연주하기도 하고, 하수구 같은 물길 위에서 배를 띄우고 연주하기도 한다.

앞의〈주홍글씨〉처럼〈Violin Player〉에도 아주 인상적인 장면이 몇 개 있다. 그중 하나는 부유층의 식사 자리에서 악사가 외젠 이자이Eugène Ysaye의〈소나타 2번〉앞부분을 연주하는 장면이다. 바흐〈무반주 파르티타 3번〉의 주제를 현대적으로 비튼 이 곡과 '부유층의 허례를 풍자 또는 비판하는' 이 장면이 잘 어우러졌다. 원래도 두 곡을 좋아했지만 영화 속에서 빛난 어떤 통쾌함 때문에 이자이 곡의 복합미complexity에 대해 특별한 마음을 갖게 됐다. 연주회에 가서 이자이의 작품을 들으면 영화 속 이 장면이 생각나곤 한다.

영화 〈Violin Player〉의 하이라이트는 바흐의 〈무반주 파르티타 2번〉의 '샤콘' 악장이 연주되는 장면이다. 10분 넘는 긴 악장이 영화 속에서 첫 음부터 끝 음까지 전부 연주됐던 걸로 기억한다. 포스터에도 등장하는 어둑어둑한 배 위 연주 장면인데, 연주하는 모습을 잘 연기하기도 했지만 또 중요한 것은 실제 연주를 유명 바이올리니스트 기돈 크레머가 맡아서 했다는 사실이다. 다른 연기자의 연주 모습이 입혀진, 기돈 크레머의 바흐를 듣는 구조.

세상 가장 낮은 곳에서 떠돌이 악사가 연주하는 바흐의 샤콘…. 감독이 말하고 싶었던 건 음악이 주는 구원이었을까. S.D.G-Soli Deo Gloria 신께 영광을-라는 이니셜을 악보에 써두곤 했던 요한 제바스티안 바흐의 음악을 선택했다는 사실이 말하는 것은.

그럼에도 불구하고, 연주 연기는 엄지원이 더 잘했다
는 거.

프랑스적인 어떤 것

〈오케스트라 모음곡 2번〉 바디네리●

비가 온다.

한동안 비가 안 와서 모든 것이 건조해지는 것 같다. 식
물도, 동물도, 흙도, 마음도. 그래서 이렇게 비가 모든
것을 적셔주는 날이 점점 더 소중하게 느껴진다. 고르
게, 조용하게 적시는.

여러 나라에 대한 동경이 있다. 일본에도, 러시아에
도, 프랑스에도. 우리나라를 좋아하고 자랑스러워하

● 　바흐 〈오케스트라 모음곡 2번〉은 프랑스풍의 서곡으로 시작하며, 프랑
　스와 독일 작곡가들의 모음곡에서 종종 볼 수 있는 바디네리 악장으로 마
　무리된다. 바디네리Badinerie는 프랑스어로 장난, 또는 익살을 뜻한다.

지만 그것과 별개로 이국에 대한 동경이 마음에 항상 있었다.

동경을 재료로 프랑스어도 몇 년 집중해서 익히고 A2 급수를 땄다. 익힌 속도만큼 빠른 속도로 뇌에서 지워지는 중이지만! 프랑스 문화원에서 운영하는 '알리앙스 프랑세즈'에서 프랑스어를 처음 배웠는데 초난감했던 기억이 난다. 모든 명사가 남성, 여성으로 나뉘는데 이유는 프랑스 사람 마음대로? 그런 식이었다. 발음, 발성 방식도 난감하기는 마찬가지.

'알리앙스 프랑세즈'에서 가장 프랑스적인 순간을 꼽자면-너무 학원 같아서 별로 없었지만- 선생님 한 분과 최나경 님의 플루트 연주로 멘델스존 〈바이올린 협주곡〉을 들은 시간이다. 그 선생님이 일타강사였던 것 같지는 않다. 프랑스어가 워낙 가르치기 어렵긴 하지만 수업 시간에 학생들이 지루해하는 몸짓을 보였었다.

연주를 들은 날은 6명 정도 되는 수강생이 모두 결석하고 나만 자리를 지키고 앉아 있었다. 선생님은 진도를 조금 나가고는 음악을 듣자고 했다. 외국어 학원의 첫 시간은 늘 간단한 자기소개. 그 내용에서 내가 '클래식 음악 저널리스트'라고 했던 것을 기억하고, 본인이 감동받았던 연주를 '전문가(?)'와 함께 감상하고 싶었던 듯하다. 플루티스트 최나경 님이 원래는 바이올린으로 연주되어야 하는 멘델스존 〈바이올린 협주곡〉을 플루트로 연주하는데, 너무 잘한다며 권했다. 나는 개인적으로 특정 악기를 위해 쓰인 곡을 다른 악기로 연주하는 것에 특별히 끌린 적은 없다. 게다가 낭만주의 시대 바이올린을 위한 곡은, 정말로 바이올린이란 악기의 특성(예를 들면 왼손 손가락을 짚은 후 앞뒤로 떠는 비브라토vibrato라든지, 두 현을 동시에 켜서 내는 화음 등)을 최대치로 하는 곡들이기에, '굳이?'라는 생각이 없지 않았다.

그렇지만 어차피 프랑스어 시간은 비워둔 시간이었고, (아마도) 정년이 얼마 남지 않았을 선생님을 위해 고개를 끄덕였다. 멘델스존 〈협주곡〉은 좋아하는 곡이기도 하니까.
결론적으로 연주 감상은 내게 그다지 큰 감동으로 다

가오진 않았다. 연주 시간 30분 중 20분 정도를 '이래서 바이올린을 위해 작곡했군' 하는 식으로 약간 시니컬한 속말을 했던 것 같고, 선생님이 플레이한 음원의 음질도 그다지 좋지는 않았다. 다만, 그 공기가 프랑스적이기는 했던 것 같다. 무용無用한 듯 유용有用한 듯, 유용이 곧 무용이고 무용이 곧 유용인 어떤 상태? 창밖은 어둑어둑해지고 있었고, 등불을 켜지 않은 교실은 침침했다. 아리따운 플루티스트는 온 힘을 다해 바이올린이 되려 했고, 주차장 무료 시간을 계산하던 나는 아직도 그 저녁을 잊지 못한다.

최나경 님은 아주 훌륭한 플루티스트고, 〈치고이너바이젠〉 등 바이올린을 위한 작품을 즐겨 연주한다.• 성황인 그녀의 유튜브 채널 목록 중 나의 추천 클립은 바흐의 〈폴로네즈와 바디네리〉 연주.

• 보통 작곡가가 어떤 악기를 위해 작곡할 때에는 그 악기 고유의 특성과 한계를 고려해서 쓰기 때문에, 다른 악기로 연주하면 대체로 훨씬 어려워진다. 바이올린을 위한 협주곡을 플루트로 연주하는 것은 어려운 도전이고, 최나경 님은 이를 흠잡을 데 없이 해낸다.

멘델스존, <바이올린 협주곡>
지휘 류석원, 강릉시향, 최나경(Fl)*

바흐, <오케스트라 모음곡 2번> 바디네리 (3:30~)
빈 바로크 오케스트라, 최나경(Fl)

●   Flute의 약자, 플루트.

최고의 1분

〈골드베르크 변주곡〉 아리아

앰비규어스 댄스컴퍼니의 〈바디콘서트〉 공연을 보았다. 독특한 트랙리스트. 아메리칸 팝, 클래식의 명곡과 가요인 박지윤의 노래가 뒤죽박죽인데, 그 무맥락의 맥락이 컨템포러리, 현대 예술의 포인트이기도 하겠다.

이 트랙들 가운데 클래식 음악은 영화 OST로 유명한 헨델의 〈울게 하소서〉와 바흐 〈골드베르크 변주곡〉이었다. 세상 차분한 성악 음악을 16박자로 쪼개서, 가슴 앞에서 두 손으로 '둥글게 둥글게'를 그리는 안무를 선보인 〈울게 하소서〉도 웃음이 나오는 부분이었지만, 역시 압권은 〈골드베르크 변주곡〉이었다. 정중동靜中動. 일곱 명의 무용수가 한 명 한 명 장난스럽게 요가의 머리서기 동작을 시작해서 5분 정도의 '아리아'가 끝날 때까지 모두가 머리서기를 유지하는 안무였다.

1) '가만히 있기'가 안무라는 전환, 2) 머리서기 동작은 컨디션에 따라 흔들릴 수 있기에 생기는 조마조마함, 3) 〈골드베르크 변주곡〉의 정적인 선율의 흐름과 잘 맞는 정적인 무대, 4) 5분 정도 흔들림 없이 유지되는 댄서들의 코어에 대한 존경심…. 세상 시끄럽고 정신없이 관객을 들썩이게 하는 전체 공연에서 이 '움직임 없는 움직임' 파트가 가장 인상적이라는 게 아이러니다. 그리고 내 머릿속에 이어진 장면은 홍콩 영화 〈아비정전〉이었다.

남자 주인공은 여자 주인공에게 이야기한다. "지금부터 나와 1분 동안 이 손목시계를 보는 거야." 그리고 둘은 아무 말도 않은 채 가는 손목 위에 놓인 작은 손목시계의 초침을 바라본다. 영화에서도 대사가 없이 1분이 흘러간다. 그리고 이렇게 20년이 흘러도 그 장면, 그

1분은 기억 속에 분명하게 남아 있다. 남자 주인공의, 여자 주인공의, 관객의 기억에.

돌이켜보면, 어떤 만남도 '횟수'나 '말의 양'이 중요하진 않았다. 단 한 번 만난 사람과의 대화에서도 몇 년 동안이나 머리에 떠오르는 위트 있는 문장이 남기도 하고, 친구의 친구로 만났는데 그이로부터 소개받은 한 사람으로 인해서 인생의 항로가 동에서 서로, 북에서 남으로 바뀐다. 모임에서 멀리 떨어져 앉은 사람이 흘리듯 하는 이야기로 새로운 사업을 구상하게 되기도 했다. 그래서 인연이니 운이니 떠드는 거겠지. 생각해 보면 무섭지만, 좋은 쪽으로도 안 좋은 쪽으로도 이뤄지기에 우리는 또 집을 나서서 여기저기 이마를 부딪칠 수밖에 없다. 달에게, 신에게 기도하면서. 그저 너무 가혹하지 않기만을 바라면서.

〈골드베르크 변주곡〉은 잠을 이루지 못하던 드레스덴의 카이저링크 백작이, 잠이 들 때 골드베르크라는 연주자에게 연주하게 시킬 만한 작품을 바흐에게 의뢰해서 만들어진 곡. 즉, 불면 치유곡이라는 설이 유명하다. 특히 댄스컴퍼니의 작품에도 쓰인 첫 '아리아'는 그 이야기를 믿어버리고 싶을 만큼 느리고 다소곳하다. 그 뒤의 변주곡들은 복잡하기도 하고 빠른 부분도 많아서 딱히 '잠들어 버리게 만들고 말겠어'라는 바흐 님의 의지는 느껴지지 않지만 불면이 고민이라면 시도해 보아도 좋겠다. 오늘 하루, 나의 잊지 못할 1분은 언제였을까 되짚어 보면서.

내 심장을 안아줘

〈무반주 첼로 소나타 1번〉 프렐류드●

컴퓨터를 쓰지 않아도 되는 직업이 뭘까?

이 문장도 노트북 컴퓨터로 쓰이고 있다. 1970년대 소
위 퍼스널 컴퓨터가 등장한 이후로 컴퓨터는 세상을
점령했다. 현재 시점에는 작은 컴퓨터인 핸드폰이 인
간 세상을 점령한 상태다. 인류의 시간을 무서운 속도
로 빨아들이는 작은 물체. 컴퓨터, 스마트폰, 인터넷을
보면 과연 그 안에 내 독립성이 있나 의문이 생긴다. 나
의 모든 행동은 기록되어 남고, 인터넷에 들어가면 그

● 　모음곡 맨 앞에 놓이는 전주곡. 주로 자유로운 양식을 취한다.

안의 모든 작은 움직임도 기록된다. 가만히 있어도 나의 위치, 검색 기록, 통화 기록, 폰을 쉬게 둔 시간, 폰을 '깨운' 시간, 인터넷을 열고 멍 때린 시간 등 모든 것이 1초보다 훨씬 작은 단위로 흔적이 남는다. 그것도 모자라서 우리는 거의 모든 음식과 자연과 친구와 작품을 폰 카메라로 찍어서 저장하거나 경우에 따라 업로드하고 있다. 이 '무턱대고 저장' 현상은 나날이 심해지고 있다. 내 손 역시.

부산한 우리와는 다르게 자연은 그냥 가만히 존재한다. 해도 달도 별도 구름도 산도 샘도 가만히, 소도 말도 사자도 돌고래도 개미도 거미도 가만히. 그리고 나무도 가만히.

컴퓨터를 쓰지 않아도 되는 직업 중에 나무로 만든 악기로 연주를 하는 사람들이 있다. 인터넷도 스마트폰도 없던 18세기 음악, 바흐 〈무반주 첼로 소나타〉 같은 곡을 연주하며 살아간다. 인간도 자연의 한 부분인데 요즘은 기계의 한 부분이거나 컴퓨터에 비하면 능력이 많이 뒤처지고 어딘지 모자란 컴퓨터 조작자가 된

기분을 매일 느끼게 된다. 첼로를 쥐고 온몸을 사용해 연주하는 사람은 있는 그대로의 사람이자 자연이다. 자연을 품에 안고 있는 사람이기도 하다. 소리도 따뜻하다. 사람이 낮은 목소리로 음 하고 노래를 부르는 것처럼, 인간적이다.

17~18세기 음악을 연주하는 사람들 중에서 그 시대에 사용한 악기 모양에 더 가까운 악기로, 연주 방식도 그때와 더 비슷하게 해보려고 시도하는 사람들이 있다. '원전악기 연주자' 혹은 '시대악기 연주자'라고 부른다. 이들의 음악은 또 다른 맛이 있다. 인터뷰했던 어느 시대악기 플루티스트는 이렇게 말했다. "스승님께서는 음악의 박자를 정할 때 자신의 맥박을 한번 짚어보라고 하셨어요. 바로크 시대에는 그것도 하나의 기준이었으니, 펄스(pulse, 맥박)를 느껴보라고요." 때로는 빠르게, 때로는 느리게 포유류의 혈액을 힘차게 뿜어내는, 그 심장.

뇌과학자 장동선 교수님의 유튜브에서는 외로움이 지나치게 크게 느껴질 때의 솔루션으로 '내수용감각

interoception• 활성화시키기'를 권하고 있었다. 내 감각을 먼저 알아차림으로써 다른 사람이 어떤 상태인지도 더 잘 알아차릴 수 있고 공감 능력도 커진다는 이야기. 그러면 외로움도 잦아들 수 있다는 주장이다. '내수용감각'이란 말이 어렵지만 방법은 간단하다. 숨을 편안히 쉬면서 자신의 맥박을 짚거나 느껴보는 것이다. 여기에다 첼로의 박동 소리 같은 바흐 소나타의 '프렐류드'까지 곁들이면 어떨까? 외로움조차 인간적인, 내 심장을 안아줘.

바흐, <무반주 첼로 소나타 1번> 프렐류드
문태국(Vc••)

•   운동 감각, 내장 감각 등 신체 내부의 상태를 느끼고 인지하는 감각.
•• Violoncello의 약자, 첼로.

오케스트라에서 지휘자의 역할은 무엇인가요?

음악을 전공하지 않는 사람들로부터 가장 많이 받는 질문 중 하나가 지휘자의 역할인 것 같다. 없어도 되지 않냐며, 앞에서 팔만 휘적휘적하는 게 의미가 있냐며. 그럴 때 나는 웃으며 말을 시작한다. "네, 없어도 되는 혹은 없는 게 나을 법한 지휘자도 많이 있죠." 이것은 사실이다. 좋은 연주자만큼이나 드문 것이 좋은 지휘자이다. 경험상 사람들이 즉각 잘 이해했던 예는 축구 감독이다. 축구를 잘 알수록 축구 감독의 역할이나 용병술의 중요성을 잘 이해하듯이, 클래식 오케스트라도 마찬가지이다. 필드에서 함께 뛰는 건 아니니까 운동장 옆에서 소리만 지르는 것 같아 보이는 것도 비슷하다. 하지만 훌륭한 감독은 큰 차이를 만들어낸다. 주제 무리뉴처럼.

이렇게 말했더니 어떤 친구가 또 묻는다. "아, 그러면 지휘자가 연습도 같이 하는 거야?" 그렇다. 곡 전체의 흐름과 계획과 이성과 감성을 구성해서 연습을 전부 함께 한다. 외부에서 보면 거의 연습을 '시키는' 것처럼 보일 정도로 이것저것 지시를 많이 하는데 뭐랄까, 연습을 시킨다는 것보다는 회의를 주재하는 것과도 비슷하다. 연습 시간이 충분치 않을 때가 많으니 가장 효율적으로 곡을 완성시키기 위한 계획을 짜서 실행을 시킨다. 그런 면에서 CEO 같은 면도 필요하다. 또 각 연주자의 감정을 하나로 모아서 정렬시킨다는 점에서 배우와 같은 퍼포먼스나 호흡도 필요하다. 축구 감독이 그렇듯, 잘하면 한없이 잘해서 한 단체를 크게 변모시키기도 한다. 또 오케스트라랑 궁합이 별로면 "유명하다더니 별거 없네."라는 결과로 끝나기도 한다. 축구 감독처럼 대체로 전성기도 따로 있다.

독일에서 명지휘자 크리스토프 에셴바흐가 오케스트

라 리허설을 하는 장면을 본 일이 있다. 부족하게 느껴지는 구간을 느리게, 빠르게 반복 연습하는 것이 여느 오케스트라 연습과 다를 바가 없었다. 차분하게, 급하지 않게, 꼭꼭 씹어가며 한 마디, 한 마디 가꾸는 모습이었다. Very Beginning(베리 비기닝). 곡의 맨 처음을 가리킨다. 오케스트라 연습 중 자주 들을 수 있는 표현 중 하나이다. 맨 처음부터 다시, 맨 처음부터 다시! 지휘자는 운동장을 몇 바퀴고 새로 돈다. 지구 어느 편에서든 매번 새로이 그렇게 한다.

IV | 나를 위한 겨울 차이콥스키

당신의 인생이 언제 꽃피울지 막막하다면, 차이콥스키를 들어보길 권하고 싶다. 그의 음악은 겨울을 닮았다. 길고 깊은 어둠 속에서 눈처럼 조용히 쌓여가다가, 어느 순간 눈부신 빛으로 터져 나오는 감정의 계절. 새까만 극장 속, 순백의 튀튀를 입은 백조들이 인체의 아름다움을 극한까지 밀어 올릴 때 - 그 찰나를 번쩍하고 밝히는 섬광이 바로 차이콥스키의 음악이다. 애정하는 피아니스트가 협주곡의 첫 코드를 강하게 내려칠 때, 당신의 그 '순간'도 함께 피어날지 모른다. 겨울 끝에서 맞이하는, 가장 찬란한 개화처럼.

표트르 일리치 차이콥스키(Pyotr Illych Tchaikovsky, 1840~1893)

스무 살에 법률 학교를 졸업하고 관리까지 되었지만 음악에의 열정으로 안톤 루빈스타인 음악학교에 진학해 음악가가 되었다. 모스크바 음악원의 교수로도 일했으며 30대 중반 대표작인 <피아노 협주곡 1번>을 작곡했다. 이 시기가 1870년대이니, 뮤지컬이나 영화를 좋아하는 사람이라면 그가 살던 시대를 상상할 때 톨스토이의 소설 『안나 카레니나』의 분위기를 연상해도 좋을 것이다. 보수적인 러시아 사회에서 동성애자임을 숨겨야 했고, 이는 심한 우울증으로 이어졌다. 겉치레였던 제자와의 결혼은 불행하였고 그는 부인을 떠나버렸다. 서로 만나지 않는 조건으로 그를 후원했던 부유한 미망인 폰 메크 부인과의 우정이 거의 평생 지속되었는데 그들은 14년간 편지로 교류했다.

야스나리의 설국

〈바이올린 협주곡〉 1악장

국경의 긴 터널을 빠져나오니, 설국이었다.

일본 소설가 가와바타 야스나리의 『설국』 첫 문장이다. 소설 세계의 가장 유명한 첫 문장. 캄캄한 터널 다음, 곧바로 온통 하얀 세상이 펼쳐지는 모습을 묘사한 이 문장을 읽으면 차이콥스키 〈바이올린 협주곡〉 1악장이 떠오른다. 오케스트라의 모든 악기들이 멈춘 채, 오직 제1바이올린 파트만 연주하는 일곱 마디가 이 뒤에 오는 탐미적 아름다움을 전부 끌어오는 느낌이 들어서다.

밤의 바닥이 하얘졌다. 신호소에 기차가 멈췄다.

건너편 좌석에서 여자가 일어나 다가와 시마무라 앞의 유리
창을 열었다.

여기는 플루트, 오보에 같은 목관 악기가 답하는 부분.

눈의 냉기가 흘렀다.
여자는 창밖으로 멀리 소리치듯,

여기는 바이올린과 오보에가 서로 부르고 대답하는 부분.

"역장님, 역장님ㅡ."

**여기는 바이올린, 첼로와 같은 현악기들이 연주하는
선율이 2배속, 4배속으로 빨라지면서 커지는 부분.**

등을 들고 천천히 눈을 밟아 온 남자는 목도리로 코 위까지
감싸고, 귀에 모자의 모피를 늘어뜨리고 있었다.

**여기는 관악 파트와 현악 파트가 바이올린 솔로가 나오
기 전까지 훅 음높이를 떨어트리는 부분….**

곡 끝까지 이런 식으로 문장과 음표를 다 연결할 순 없겠다. 그럼에도 곡의 도입부는 소설의 처음과 잘 어울린다. 차이콥스키는 '겨울 왕국' 러시아의 대표적인 음악가이고, 거기에 발레 〈백조의 호수〉에 등장하는 순백의 튀튀(발레 의상)나 〈호두까기 인형〉 속 눈송이 왕국까지 연결시키면 '차이콥스키=겨울 나라'라는 나의 공식이 완성된다.

동시에 보드카로 추위를 녹인다는 화끈한 러시아인들답게 차이콥스키 음악에는 고농도의 흥분감이 녹아 있다. 보드카를 마시고 취하는 데에는 노력이 필요 없겠지만, 차이콥스키 음악에 담긴 이 흥분감을 악기로 표현해 관객에게 전달하기 위해서는 악기 연주의 테크닉이 받쳐주어야 한다. 차이콥스키의 〈협주곡〉이 나올 당시는 연주 기교를 과시하는 곡들이 잔뜩 나오던 시절이었음에도 이때 활동한 일류 바이올리니스트 레오폴드 아우어조차 이 곡의 난도難度에 대해선 처음에 '연주 불가' 판정을 내릴 정도였다. 왼 손가락으로 정확하게 짚어내야 하는 아주 많은 음들, 정밀해야 하는 더블스탑(두 개의 현으로 한꺼번에 소리 내야 하는 화음), 활화산처럼 분출시켜야 하는 감정, 그리고 그 감정 표현을 위한 큰 음량, 악장 후반에 조가 바뀌면 한층 더 어려워지는 음정···. 고등학교 때 이 곡으로 실기 시험을 봤는데, 살면서 그때 악기 연습을 가장 열심히 했던 것 같다. 하면 할수록 연습해야 할 것이 줄지 않고 오히려 점점 늘어나는 기분.

당시 참고했던 음반은 장영주와 정경화의 것인데 두 연주자의 스타일은 무척 다르다. 장영주. 사라 장이라는 미국 이름으로 잘 알려져 있는 이 바이올리니스트는 1980년생인데 콜린 데이비스 경이 지휘하는 런던 심포니와 1993년에 이 곡을 녹음했다. 13살 천재 소녀의 밀크 초콜릿 음색이 고스란히 담겨 있는 녹음. '이 소녀는 되는데 왜 똑같은 청소년인 나는 요것밖에 못하는가'라는 그때 느꼈던 가벼운 슬픔이 지금도 간간이 떠오르는 연주이다.

정경화는 1948년생으로, 한국이 가난했을 때 음악 하나로 서구 세계의 경탄을 이끌어낸 바이올린의 여제이다. 1970년 앙드레 프레빈이 지휘하는 런던 심포니와 녹음한 이 연주에서는 20대의 힘과 패기, 그리고 한국인의 매운 맛(개인적 의견)을 제대로 느껴볼 수 있다. 두 연주자의 차이콥스키를 들으면 같은 곡을 다르게 해석한다는 의미에 대해 아이디어를 얻을 수 있을 터이다.

1악장만 해도 20분이 넘어가서 감상에 총 40분이 소요되는 전곡을 매번 듣기는 어려울지도 모르겠다. 1악장만 들어도 괜찮다. 뭔가 불꽃이 팡팡 터지는 음악적 자극을 원할 때 들으면 맞춤하다. 바이올린이 가진 화려함의 끝, 어쩌면 음악감상이 주는 쾌락의 끝까지도 희미하게 짐작할 수 있을 것이다.

> 발을 짚고 섰을 때, 그는 하늘을 보았고 은하수가 굉음을 내며 그의 안으로 흘러 들어갔다. *

---

* 『설국』의 마지막 문장.

로미오, 오 로미오

환상 서곡 〈로미오와 줄리엣〉

(해설자)

명망 높은 두 집안,

아름다운 베로나에서 이 극은 시작된다.

오랜 원한이 반란을 일으키니

시민의 피가 시민의 손을 부정케 하였다.

세익스피어의『로미오와 줄리엣』첫 문장이다.

로미오는 16세, 줄리엣은 13세였다. 어리다. 희곡『로미오와 줄리엣』은 책으로, 영화로, 또 출연 배우 이야기로 늘 우리 가까이 있는 것처럼 느껴진다. 진짜 사랑은 무얼까 고민하게 만드는 줄거리이다.

'로미오와 줄리엣의 사랑이 진정한 사랑일까?'에 대해
두 가지 이론을 들어온 것 같다. 1) 로미오와 줄리엣이
너무 어렸기 때문에 이들은 사실 사랑이 뭔지도 몰랐을
것이다. 이야기로 보아도 너무 짧은 시간에 일어난 일
들이라서 단지 어린 남자의 충동과 불운의 타이밍이 폭
죽처럼 펑 하고 터진 것뿐이다. 2) 아니다. 이들이 어렸
기 때문에 이야말로 진정 순수한 사랑이다. 이들은 서
로를 평가하지 않고 사랑에 빠졌다. 그리고 그 사랑을
지키려고 했다. 그 사랑이 순수했기에 결국 두 원수 집
안이 서로에 대한 미움을 그친 것이다.

두 이론이 반대 방향을 가리키고 있지만 어쩌면 두 가
지 모두 첫사랑에 대한 대답이 될 수 있지 않을까? 어리
석고, 치열하고, 무엇을 몰랐던, 순수했던 나를 회상하
게 한다는 점에서.

차이콥스키 〈로미오와 줄리엣〉. 서곡이라는 이름이
붙어 있지만 연극이나 오페라 전에 연주되는 서곡은 아

니고 그 자체로 공연을 위한 오케스트라 곡이다. 〈로미오와 줄리엣〉 연극의 내용과 마찬가지로 기승전결이 분명하고 특별히 '사랑의 테마'라고 하는 아름다운 주 멜로디가 등장한다.

(로미오)

온 하늘에서 가장 아름다운 두 별도

그녀의 눈에게 대신 빛나달라고 간청하네.

그녀의 눈이 하늘에서 빛난다면 어떨까?

그녀의 밝은 뺨은 저 별들을 부끄럽게 할 거야…

새들은 밤이 아니라고 생각하며 노래할 거야…

오, 내가 그녀 손의 장갑이 되어 그 뺨을 어루만질 수 있다면!

(줄리엣)

이름이 다 무엇이죠?

우리가 장미를 다른 이름으로 불러도 달콤한 향은 그대로예요.

그러니 로미오가 아니라 다른 이름으로 불려도

당신의 완벽함은 그대로일 거예요.

당신의 어떤 일부도 아닌, 그 이름을 버리세요.

대신 나를 가지세요.

차이콥스키는 이를 음악으로 그대로 표현했다. 설렘과 애틋함, 안타까움과 그리움…. 돌덩이처럼 차가운 사람이라도, 돌덩이라도, 이 부분을 들으면 뭔가 뜨겁고 부드러운 혈류를 느낄 수 있을 것이다. 그게 차이콥스키다. 이 '사랑의 테마' 이외에도 극에 나오는 칼싸움과 분란도 바이올린 음계와 관악기의 찌르는 듯한 스타카토(뚝뚝 끊어 연주하기)로 실감 나게 표현되어 있다.

팀파니의 둥둥 북소리로 극장의 커다란 벨벳 막을 내리듯이 끝맺는 이 작품과 실제 대본의 마지막이 어울리는지도 잘 들어보길.

(군주)
어두운 평화가 이 아침에 찾아왔다.
태양은 슬픔으로 고개를 들지 못한다.
가서 이 슬픈 일에 대해 더 얘기해 보라…
줄리엣과 그녀의 로미오보다
더 비애에 찬 이야기는 없으니.

차이콥스키, 환상 서곡 <로미오와 줄리엣>
지휘 헤르베르트 폰 카라얀, 베를린 필하모닉

오타니의 만화 야구

〈현악 사중주 1번〉 2악장

야구는 잘 모르지만, 오타니 쇼헤이의 활약이라면 알고 있다.

투수와 타자를 모두 해내는 투타 겸업. 스물네 살에 메이저리거. 스물일곱엔 만장일치 아메리칸리그 MVP. 스물아홉에는 월드베이스볼클래식 MVP로 일본 팀의 우승을 이끎. 게다가 이 모든 성과들은 고등학교 시절 오타니의 머릿속에 '이미 계획이 다 있는' 상태였다. 그는 메이저리그 입성, 연봉 목표, MVP 등의 목표를 나이대별로 자세히 써놓았고, 이 목표를 몇 년 빠르게 혹은 몇 년 늦게 현실화하고 있다. 호감 가는 표정과 태도, 행운을 줍기 위해 곳곳의 쓰레기를 줍는다는 인성,

일본의 모든 초등학교에 글러브를 선물하는 대인배 마인드까지…. 야구 전문가들이 기사와 책에서 인용한 사례들을 보면 현재까지 그의 게임 기록들은 만화보다 훨씬 더 만화 같은 수준이다.

그런데 내 생각엔 한국의 클래식계에도 '만화라도 이건 좀 현실성이 없는데'라는 혼잣말이 나오는 연주자들이 꽤 많다. KBS ClassicFM에 인터뷰어로 출연하면서 수백 명의 멋진 연주자들을 만날 수 있었는데, 원조 '만찢남(만화를 찢고 나온 남자 주인공의 이미지를 이름)' 연주자로는 '노부스 콰르텟'을 빼놓을 수 없을 것 같다. 벌써 창단된 지 20년이나 되었지만 아름다운 그 자태는 똑같다. 연주는 20년만큼 좋아졌고. 영국 위그모어홀 상주 음악가로 활동했고, 2019년에는 음반으로 '디아파종 황금상'도 수상했다.

바이올리니스트 대니 구도 인터뷰했는데, 처음 본 순간 '와, 진짜 연예인 같다'라고 생각했다. 큰 키에 작은 얼굴, 날렵한 무브도 그랬지만 무엇보다 '바이브vibe'가 인상적이었다. 뭔가 뿜어져 나오는 것 같은 강한 에너지, 딕션이 뚜렷한 말투, 화사한 기운…. 그날 연주할 곡에 관한 일반적인 질문이 오고 갔지만 이상하게 '들 썩들썩'한 느낌이었다. 다녀와서 담당 PD님께 "스타성 이 있는 것 같아요."라고 말했던 게 기억난다. 그렇지 만 MBC 〈나 혼자 산다〉에 고정 출연하며 권투하는 모습을 보여주는 스타가 되리라고는 상상 못했다!

성악가 길병민도 기억에 남는다. 내가 독창회에 갈 당 시에는 JTBC 〈팬텀싱어〉에 출연하기 전이어서 모나 코 몬테카를로 국제 콩쿠르 우승, 로열 오페라하우스 제트 파커 영 아티스트 프로그램 선발 같은 '클래식한' 프로필만으로 관객을 모아야 했다. 그럼에도 롯데콘서 트홀 무대에 나오는 첫 모습을 보았을 때 여심을 사로 잡는 외모에 좋은 목소리(당연하다)로 노래해 '뭔가 다 르다!' 하는 느낌을 주었다. 연주회에서 가장 가슴이 찌 르르했던 순간은 그가 노래와 노래 사이 감정에 북받쳐 피아노 쪽으로 잠시 돌아서서 눈물을 훔치는 장면이었 다. 엉엉 운 건 아니고 동작을 보면 '아, 눈물이 났구나' 알 수 있는 정도? 성악가라면 모두 오페라 연기도 배우 니까 무대 위 이 장면은 연출된 것이라 해야겠지만, 연기인 줄 알아도 '남자의 눈물'은 독특한 감흥을 일으켰다. 순간 느꼈다. 될 분이다.

더 유명해져 '스타'가 되어야 할 인물이 아직도 너무 많다! 그 빛나는 재능을 지속적으로 만날 방법은 우리가 '텅장'을 무기로 '회전문 관람'을 하는 방법뿐이다.

차이콥스키, <현악 사중주 1번> 2악장
노부스 콰르텟 (8:50~16:19)

손절하지 말아주세요

〈교향곡 6번〉 비창 4악장

손절매損切賣

앞으로 주가株價가 더욱 하락할 것으로 예상하여, 가지고 있는 주식을 매입 가격 이하로 손해를 감수하고 파는 일.

표준국어대사전에 실린 '손절매'의 정의이다. 줄여서 '손절'이라고도 한다. 원래는 주식 투자 기법이지만 요즘엔 체감상 '인간관계에서의 관계 끊기'라는 뜻으로 더 자주 쓰이는 것 같다. 특히 유튜브에서 '이런 사람 주변에 있으면 한시바삐 손절하세요'라는 주제가 정말 많이 보인다. 친구, 친척, 동창, 상사, 시어머니, 배우자,

이웃을 가리지 않고 '정신적 피해가 예상되니 도망치세요', '생존을 위해 어쩔 수 없습니다'라는 권고가 대부분이다. 가히 '손절 권하는 사회'라 할 만하다.

성공학, 자기계발 서적에도 관심이 많아서 자주 사보는데, 이런 책에도 비슷한 권고가 나온다. 책 특성상 '누구를 끊어라'보다는 '누구와 사귀어라'는 조언이 많다. 표지에 '하버드대가 의학과 과학으로 증명해 낸 인간관계의 비밀!'이라 크게 쓰여 있는 책 『행복은 전염된다』를 봐도 그렇다. 네트워크를 분석하면 직접 연결된 사람(친구)이 행복할 경우 당사자가 행복할 확률은 약 15% 더 높아지며, 2단계 거리에 있는 사람(친구의 친구)에 대한 행복 확산 효과는 10%였다고 말한다.• 사람들은 친구를 따라 할 뿐 아니라 친구의 친구, 친구의 친구의 친구도 따라 하니 신중하라는 것이다.••

• 니컬러스 A. 크리스태키스·제임스 파울러, 『행복은 전염된다』, p. 63 (김영사)
•• 니컬러스 A. 크리스태키스·제임스 파울러, 『행복은 전염된다』, p. 46 (김영사)

물론 그 말도 맞겠지만, '행복한 사람'이라고 할지라도 인생의 어느 시점에서는 '매우 괴로워하는 사람'일 수 있다고 본다. 그리고 내가 어느 정도 건강하고 남을 수용해 줄 수 있는 상태라면 그 괴로운 상대 옆에 있어 줄 수 있다면 좋지 않을까? 정말 나의 '정신 재정 상태'가 0이 되고, 마이너스가 되어서 피폐해지는 것이 아니라면 '매도'하기 전에 조금 기다려줄 수 있지 않을까? 차이콥스키를 비롯해 '우울'을 남긴 작곡가들이 아주 많은데, 다행히 그들 옆에는 편지로, 후원으로, 추천으로 지지를 거두지 않은 이들이 있었다. 사실 음악사는 이런 이야기들로 가득 차 있다!(물론 책은 행복한 사람을 곁에 두라고 조언하는 동시에, 책의 말미에서는 가난한 사람이나 중독자를 치유하기 위해 그들의 네트워크를 개선해 새롭고 바람직한 구성원과 관계를 맺도록 도와주어야 한다는 사회적 배려도 언급한다.)

그렇지만 어떤 지지도 찾을 수 없다면, 차이콥스키 〈교향곡 6번〉 '비창'과 대화하는 수도 있을 것이다. 눈치 보지 않고 펑펑 울어버리는 그런 곡이기에. 4악장의 첫 부분은 하행하는 선율을 제1 바이올린과 제2 바이올린 파트가 위아래 성부를 교차하며 연주한다. 따로따로는 도약이 많은 선율이지만 두 파트를 합치면 순차적으로 음계가 내려오는 것으로 들린다. 이 디테일 때문에 슬픈 울음은 더 깊어진다. 차이콥스키는 '비장함, 슬픔, 열정'으로 해석될 수 있는 'Pathétique'를 제목으로 붙일 만큼 슬픔에는 자신이 있었던가 보다. 마치 운명처럼, 차이콥스키는 이 곡을 초연하고 9일 뒤에 세상을 떠났다.

<교향곡 6번> 비창 4악장
지휘 테오도르 쿠렌치스, 뮤직 에테르나

금관 리스크

〈호두까기 인형〉 꽃의 왈츠

왜 아름다운 것은 부서지고 마는가.

〈꽃의 왈츠〉를 듣고 내 맘에 떠오르는 한 문장을 써보았다.

오케스트라 연주회에 잘 가지 않는다. 왜냐. 리스크가 크기 때문이다. 한국의 오케스트라를 폄하하는 목소리도 종종 들려오지만, 그 이유보다는 오케스트라 연주회 자체의 리스크 때문이다.

독주회라면 한 명, 이중주라면 두 명이 잘하면 그만이

다. 오케스트라는 80명 정도가 잘해야 하는 데에서 이미 이야기가 참으로 어려워진다. 80명이 고르게 잘하기도 어렵지만 그 80명이 또 뜻이 맞아야 하니까. 오케스트라 연주에 관해서는 관악기 이슈도 있다. 목관 파트(클라리넷, 플루트, 오보에 등등)보다도 금관 파트(트럼펫, 호른, 트롬본, 튜바 등등 눈으로 봐도 악기가 마구 금빛인) 연주자들의 실력 편차가 크기 때문에 오케스트라마다 '금관 리스크'• 해결이 과제이다.

금관 악기 소리 자체가 음량이 크고 금속성의 소리가 포함되어 있기 때문에 실수가 엄청 잘 들린다. 반면 작곡가 입장에서는 관악기의 효과를 잘 살리고 싶으니까 아주 중요한 역할을 준다. 영화에서도 영화 내내 나오지는 않지만 한두 군데 등장해서 무게 있는 대사를 딱 하고 들어가는 인물이 있는데 그것과 마찬가지다. 오케스트라에서 금관이 중요한 부분이 뭔가 애매하게

• 여기서의 '금관 리스크'는 금관악기의 연주 음색이나 실수가 전체 오케스트라의 연주 완성도에 부정적 영향을 미치는 리스크를 말한다. 심지어 음악가 조크 중에 "호른에서 어떤 음이 나올지는 신만이 아신다."라는 것도 있다.

되면 곡 전체의 인상이 흐려져 버릴 것이다. 반대로 그런 도드라지는 부분이 잘되면 곡 전체가 살아날 것이다. 금관 부분이 어렵기로 소문난 곡을 잘 해내면 "○○ 오케스트라 괜찮던데?" 이렇게까지 될 수 있기 때문에 악단 입장에서나 지휘자 입장에서 금관은 매우 중요하다.

음대에서는 오케스트라에 주어진 시간이 꽤 많았다. 일주일에 두 번 3시간씩 했는데 계속 교향곡을 바꿔가면서 빨리빨리 악보를 익히는 연습도 하고, 또 1~2년에 한 번은 연주회를 위해서 한 곡을 집중적으로 연습하기도 했다. 지휘자 선생님은 현악기나 목관악기 파트는 웬만큼 한다는 전제로, 3시간 연습 중 많은 부분은 관악기 파트 연습에 할애했던 것 같다.

현악기인 바이올린에 속했던 나는 목관 따로 혹은 금관 따로, 관악기 독주 부분 따로 이렇게 연습하는 부분도 악기를 손에 들고 대기하면서 들었다. 지루하지는 않았고 '관악기는 참 어렵구나, 현악기는 여럿이 섞여서 하나로 들리는 것에 비해서 관악은 솔로가 많아서 스트

레스도 심하겠다' 그런 생각을 하였다. 3학년과 4학년이 함께 오케스트라를 구성해서 연습했는데, 그때 오보에 솔로와 클라리넷 솔로를 했던 동기들이 지금 서울시향에서 일하고 있다. "학교 때부터 잘했습니다. 연습 시간에 그 친구들 솔로 듣는 게 좋았을 정도."라고 즐겨 얘기하고 있다.

차이콥스키 〈꽃의 왈츠〉. 유튜브에서 명지휘자로 유명한 바렌보임의 지휘 버전을 봤는데, 매우 좋았다. 지휘에 군더더기도 없고 비트가 확실하고 과장되지 않으면서도 단원의 맥박을 하나로 연결시켰다. 너무 느려도 지루하고 너무 빨라도 촌스러운데 그 모두를 피하는 균형점을 찾아내었다.

한 단계 더 이야기하자면, 이런 말도 있다. 좋은 악단과 좋은 지휘자는 지휘가 한참 먼저 간다는. 예를 들어 "빰!" 할 때 손이 올라가는 게 아니라, 손이 확 올라가고 한 1.5초 뒤에 "빰!" 소리가 나온다는 이야기이다. 미묘한데, 아무튼 그만큼 단원들의 호흡이 하나로 흘러가고 있으면 그런 사인도 가능하다. 억지로 만들려고 하면 부자연스럽고, 자연스레 일어나는 현상으로 보는 게 맞을 듯하다. 모르고 보면 몰라도 듣고 이렇게 되는 걸 보면, '아~ 저렇게 되는 거구나' 느낄 수 있을 것이다.

차이콥스키 〈꽃의 왈츠〉는 내가 좋아하는 오케스트라 곡 중 하나인데 여기도 목관, 금관이 엄청 중요하다. 호른과 목관 파트가 첫 선율을 불면 듣는 이의 마음도 기대감에 한껏 부푼다. 하프의 환상적인 펼침화음(아르페지오)이 현실과 환상 사이를 잇는 다리를 놓고, 주제를 클라리넷과 주고받고… 현이 들어오고…. 꿈 그 자체. 꿈이나 아름다움만 있는 세계. 자, 8분 동안 갔다 오시와요. 돌아오는 것 잊지 말고.

포시 잉글리시

《호두까기 인형 모음곡》

격이 다른 영어가 있다는 이야기가 있다. 소위 '포시 잉글리시posh English'라고 한동안 유튜브에 관련 영상도 많이 올라왔었다. 영국식 (그중에서도 고급?) 발음을 배우고자 하는 유행도 잠시 일었다. 친구가 영국인 지인에게 들었는데 자세히 나누면 여섯 단계까지 있다 한다. 그런 얘기를 들으면 갑자기 입이 얼어붙어서 영어 못하겠지만⋯. 아무튼 영화 〈해리 포터〉의 영어도 완전히 RP(Received Pronunciation, 용인된 발음)만 사용한다고는 할 수 없어도, '엄격한 기숙학교'가 근본인 만큼 꽤 표준적인 발음을 들려주는 것으로 알려져 있다.

발음 이외에 〈해리 포터〉에서 음악 이야기를 빼놓을 수 없다. 〈쥐라기 공원〉, 〈스타워즈〉 같은 영화의 음악을 만든 거장, 존 윌리엄스의 음악이다. 메인 테마 선율은 기억하고 있었지만 2001년에 1편을 보았으니 영화에 대한 기억은 점점 희미해지고 있었다. 그런데 최근 '워너브라더스 컨슈머 프로덕츠'가 론칭한 '필름 콘서트'로 '해리포터와 혼혈왕자'를 보면서, 이 공연 아이디어에 큰 감명을 받게 되었다.

콘셉트는 간단하다. 세종문화회관 같은 큰 홀에 100여 명 단원의 오케스트라가 직접 연주하는 OST를 들으며 무대 뒤 벽면의 스크린으로 영화를 감상하는 거다. 공연을 보면서 내가 깨달은 사실은 3-3-3으로 정리할 수 있겠다. 1) 〈해리 포터〉에 세 박자 음악의 비율이 높다는 것. 2) 장면 전환 3초 전, 이미 음악의 전환이 이뤄지고 있다는 것. 3) 영화의 3분의 2 이상에 작게라도 음악이 흐르고 있다는 것이다. 메인 테마도 왈츠 느낌의 세 박자이고, 그 이외의 테마들에도 세 박자 혹은 세 박자 계열로 볼 수 있는 여섯 박자를 많이 썼다.

일반적으로 가요나 팝송에서도 세 박자보다는 훨씬 높은 비율로 네 박자가 쓰인다. (쿵치타치) 그래서 네 박자가 보통 더 익숙하게 느껴질 것이다. 네 박자는 세 박자에 비해 더 완결된 느낌과 안정감을 준다고 볼 수 있다. 그런데 세 박자를 많이 썼다는 건 뭔가 불안정하면서도 계속 앞으로 전진하는 흐름을 의도한 것 같다. 가요 〈밤양갱〉을 떠올려 보면 알 수 있다. (전형적인 왈츠) 세 박자 음악은 첫 박을 중심으로 계속 빙빙 돌면서 전진하는 느낌을 가진다. 이 '빙빙 도는' 느낌이 마법 세계로 들어가거나 빗자루를 타고 하늘을 날거나 하는 움직임과 찰떡같이 잘 어울린다.

두 번째로 깨달은 건 '3초 전 법칙'. 이것이 꽤 새로웠다. 영화를 볼 때 예를 들어 귀신 영화를 본다면 귀신이 나오기 전 어두컴컴하고 조용한 분위기에서 뭔가 기계음 같은 고음이 먼저 작게 깔리다가 "쾅!" 하고 관객을 놀라게 하는 전략이 있다는 건 알고 있었다. 그런데 이번에 오케스트라가 연주하는 배경음악과 영화를 보니까 아무 일 없는 장면 전환에서도 장면이 바뀌기 전에 이미 음악이 시작되고 있었다. 어두운 동굴 속 몽환적인 음악을 연주하던 오케스트라가 쿵작쿵작 마을 축제 음악을 연주하고 2~3초 뒤, 축제로 화면이 바뀐다. 우리는 우리도 모르게 작게 들려오는 음악 속에서 다음 장면에 대한 마음의 준비를 하고 있었다.

세 번째의 깨달음은, 이건 숫자 '3'에 좀 끼워 맞춘 것이긴 한데, 영화의 3분의 2 이상에 작게라도 음악이 있었다는 것이다. 영화에 유명한 메인 테마가 나오면 많은 사람이 '그 장면에 그 노래!'라는 감흥을 갖는다. 하지만 그런 상징적인 부분이 아닌 곳에서도 음악은 계속 역할을 하고 있었다. 음악도 영화의 세트나 소품, 의상처럼 '늘 거기에' 있고, 영화 전체의 분위기와 색, 의도를 결정한다.

존 윌리엄스는 미국인이지만 영화음악에 기여한 공로로 영국에서 작위를 받았다. 또한 클래식 작곡가이기도 해서 교향곡과 협주곡도 여러 곡 작곡했다. 본인이 직접 언급한 적은 없지만, 차이콥스키 음악에 영향을 받은 것으로 보이는 선율이나 오케스트레이션(선율을 특정 악기에 배치하는 등의 작곡 과정)도 눈에 띈다. 발레라는 '화면'과 착 붙는 차이콥스키 음악이 그의 영화음악 작곡에도 중요한 통찰을 주었을 것이다. 차이콥스키 《호두까기 인형 모음곡》도, 〈해리 포터〉의 영화음악 도, 환상적인 선율과 오케스트레이션으로 '음악이 곧 마법'임을 일깨운다.

존 윌리엄스, <해리 포터> 영화음악 '헤드위그의 테마'
지휘 존 윌리엄스, 빈 필하모닉, 안네 소피 무터(Vn)

차이콥스키, 《호두까기 인형 모음곡》
지휘 미할 네스테로비치, 프랑크푸르트 라디오 심포니

한 번의 마주침
〈피아노 협주곡 1번〉

언제 들든 기운을 주고 용기를 주는 음악이 차이콥스
키 〈피아노 협주곡 1번〉이다. 호른과 현의 천둥 같은
소리와 피아노의 장쾌한 화음으로 시작되는 도입! 그
리고 그 위에 깔리는 현의 멜로디는 마음속 응어리를
한번에 확 풀어준다. 고민거리가 있거나 좀 울적해질
때 하나의 처방전으로 사용할 수 있을 정도. 이 〈협주
곡〉 1악장을 듣고 나면, 혹은 도입의 주제(100마디쯤까
지, 약 4분)만 들어도 가슴속에 숨어 있던 용기가 불끈불
끈하는 걸 느낄 수 있다.

한 유명한 클래식 음악 유튜브 채널에 이 곡을 레슨해 주

는 영상이 있다. 레슨이 참 좋았다. 악기 레슨에서는 말은 적게 하면서 꼭 필요한 부분을 고쳐주는 편이 베스트이다. 레슨은 보통 45분에서 1시간 정도로 길지 않아서 더욱 그렇다. 하염없이 이 말 저 말 할 시간이 없다.

영상에 나오는 것 같은 마스터 클래스(공개 레슨)의 경우에는 학생이 보통 곡을 다 암기하고 연주까지 가능한 상태에서 받게 된다. 하지만 평소의 레슨은 악보를 더듬더듬 처음 읽어가는 레벨 1부터 연주회를 준비하는 최고 레벨까지 다양한 단계가 있다. 시작부터 꼼꼼하게 단추를 함께 끼우며 곡을 만들어가기 때문에 음악에 있어서 스승은 무척이나 중요하다. 특히 어릴 때의 스승은 '가'의 'ㄱ'을 어떻게 쓰는가 그 모양부터 잡아주는 결정적 존재다.

마스터 클래스는 이런 여러 단계를 다 지나서 연주회에 설 정도로 연습이 된 경우에 유명한 선생님에게 한두 번 공개적으로 레슨을 받는 것이다. '이미 다 완성됐는데 뭐 더 들을 말이 있나' 할 수 있는데, '악마는 디테일에' 있는 것처럼 이 단계에서 확 달라질 수도 있다. '깨

우친다'고 할까? 예를 들어 어떤 부분에서 버벅거리던 음계가 '마스터'가 제안한 다른 손가락 번호로 바꾸니 갑자기 손이 편안하게 돌아간다든가 혹은 음악적으로 어떤 풍경을 상상해 보라고 했는데, 갑자기 그 모습이 머릿속에 또렷하게 그려지면서 갖고 있던 의문이 스르르 풀린다든가. 늘 그런 건 아니지만 그런 '가능성' 때문에 학생들은 마스터 클래스를 받는다. 심지어 일류 연주자인 경우엔 프로필에 'ㅇㅇ 바이올리니스트에게 마스터 클래스 받음'이라고 쓰는 경우도 있다. 한 번의 '마주침'. 연기로 따지면 메릴 스트립에게 개인 지도 받은 적 있음, 이 느낌 비슷할까.

초등학생 때, 바흐 〈두 대의 바이올린을 위한 협주곡〉을 처음 배우고 선생님이 제2 바이올린을 함께 연주해 주던 순간을 잊지 못한다. 삑삑거리는 내 소리가 선생님 소리에 실려 잘하는 것처럼 들리면서 '어쩌면…?' 하는 희망이 살짝 피어오르던 순간. 어쩌면 나는 바이올린을 계속 할 수 있을지도 모른다, 어쩌면 언젠가 선생님과 비슷한 소리를 낼 수 있게 될지도 모른다, 어쩌면 바이올린은 즐거운 것일지도 모른다…. '초보'

때에만 느낄 수 있는 그런 설렘들.

앞서 말한 유튜브의 영상에 나오는 차이콥스키〈피아노 협주곡 1번〉을 준비해 온 학생은 연습은 잘되어 있었지만 음악의 첫인상이 좀 순하고 착했다. 이 곡은 장쾌하기도 하지만 '다 부숴버릴 거야' 하는 기세가 있다. 그래서 뭔가 영화 속의 마동석처럼 책상을 뒤집어엎고, 다 때려 부수고, 끝장을 내버리는 그런 기분이 필요하다. 해당 레슨에선 그런 '가장 아쉬운 부분'을 짧은 시간 안에 샤샤삭 교정해 주어서 레슨의 묘미를 짧은 클립에서 잘 볼 수 있었다. 유튜브 마스터 클래스로 '음악 전공 학생'의 일상에 한 발짝 다가서 보길.

Sweet dreams

〈교향곡 1번〉 겨울날의 꿈, 피아노 소품 〈달콤한 꿈〉

꿈을 많이 꾸는 편.

정세랑 작가는 "특이한 꿈을 꾸면, 쓰기 힘든 판타지 작품이 저절로 한 편 나오기 때문"에 꿈을 잘 적어놓는다고 방송 〈유 퀴즈 온 더 블록〉에서 말했다. 나도 깨는 순간 기억이 날 적에는 핸드폰 메모장에 적어보기도 하는데, 해석은 여전히 어렵기만 하다.

음악을 전공한 친구들이 악기 연주를 해야 하는 실기시험 꿈을 주기적으로 꾼다는 이야기를 자주 들었다. 남자들이 '군대 가는 꿈'을 주기적으로 꾼다는 식이다. 상황은 각기 다른데 암보(暗譜:악보를 외우는 것)가 잘 안 돼서 같은 부분을 계속 도돌이표처럼 반복해 연주한다는 경우나, 시험을 보아야 하는데 악기가 없어서 찾는 꿈, 원래 시험장에서는 대화 없이 연주하고 선생님은 연주만 듣고 끝나야 하는데 선생님들이 막 야단을 치는 꿈…. 나 같은 경우에는 시험장 들어가기 직전 상황이 꿈에 자주 보인다. 보통 반주자와 둘이 의자에 앉아서 대기하는데 무릎에 악보를 펴고 보다가 들어갈 때가 많았다. 악보는 다 외우고 있지만 레슨 때 들은 지시 사항이나 중요한 부분을 보다가 들어가기 위해서. 필기시험에서 종 치기 직전까지 교과서를 펴놓고 보다가 집어넣는 느낌이다.

그런데 바이올린을 왼손에 들고 활로 긋지는 않으면서 핑거링(fingering: 운지법. 악기 연주 시 손가락을 짚는 방법) 해보고, 머릿속으로 악보를 외워봐도 중요한 부분이 떠오르지 않는다. 식은땀이 난다. 이제 몇 분 후면 들어가야 하는데! 꿈속에서는 주로 이 부분에서 깨는데 고등학교 때 현실은 그렇지 않았다. 기억이 나든 말든 들어가서 한 곡 뽑아야 하는 상황. 악보 외우는 데에서 문제가 생긴 적은 없지만 연습 때만큼 실력을 발휘하지 못할 때도 수두룩했다. 김연아의 피겨 작품 같은 '클린 연기'란 참 드문 이야기.

여전히 역할과 의미를 다 알기 어려운 꿈. 꿈을 제목으로 한 클래식 작품도 많다. 대표적으로 포레의 〈꿈을 꾼 후에〉라든지 슈만의 〈트로이메라이〉 같은 작품들. 자는 동안 느끼는 평온함과 잠이 들 때 느끼는 감성을 건드리는 음악들이다. 유튜브 추천에는 '수면을 도와주는 120분 무광고 클래식' 같은 제목들이 눈에 띄는데, '120분 길이라니, 들으면 금방 잠드는 것 맞아?' 의심이 든다.

차이콥스키 〈교향곡 1번〉은 '겨울날의 백일몽'이라는 표제가 붙어 있다. 그리고 1악장에는 '겨울 여행의 꿈들', 2악장에는 '황량한 대지, 안개의 대지'라는 제목이 붙어 있다. 음악으로 겨울을 그린 풍경화라 할 수 있다. 교향곡의 구조나 완성도에 있어서는 〈1번〉보다는 〈4번〉, 〈5번〉, 〈6번〉이 훨씬 더 좋은 평가를 받고, 심지어 〈1번〉은 '습작 느낌이 난다'는 평을 본 적도 있다. 그럼에도 〈1번〉은 나름대로 활기와 대담성을 갖춰서 재미있는 것 같다. 미래에 발전해 나갈 차이콥스키만의 개성이, 있는 그대로 표현되어 있다. 특히 4악장 피날레 부분은 마치 대포나 기관총이라도 쏘는 것처럼 무언가를 마구 폭발시키는데, 차이콥스키 특유의 그런 '분출'의 첫 실험 발사 같아서 흥미롭다.

반면 같은 '꿈'을 다루고 있지만 차이콥스키 피아노 독주곡 모음집 〈어린이 앨범, Op. 39〉에 들어 있는 '달콤한 꿈'은 전혀 다르다. 〈교향곡 1번〉이 가장 장대하고 번잡하고 춥고 긴 버전의 꿈이라면, '달콤한 꿈'은 단순하고 평화롭고 짧은 꿈. 하지만 그 짧은 꿈에서도 그리움과 슬픔 그리고 영원성의 뒷모습을 흘깃 볼 수 있다.

클래식 음악이라는 하나의 그릇 안에 음의 개수와 타악기의 음량으로 승부하는 이런 '한도 초과' 교향곡과 마당에 똑, 똑 떨어지는 잠깐의 빗방울 같은 '여백의 미' 피아노 독주가 있다는 그 다양한 선택지란. 미술 전시회에 갔을 때 몇백 호의 대작 유화에도 감동받지만, 같은 사람의 구상이나 아이디어를 엿볼 수 있는 작은 드로잉에서도 똑같은 유전자를 발견하고 감동하는 즐거움과 비슷할 듯하다.

꿈이라는 희미한 몇 개의 선들 안에 나의 소원이 들어있다지. 이루지 못한 꿈과 멀어져 버린 사람들. 나도 이르지 못할, 나의 심연에.

차이콥스키, <교향곡 1번>, '겨울날의 꿈'
지휘 파보 예르비, 프랑크푸르트 라디오 심포니

차이콥스키, 피아노 소품 '달콤한 꿈'
랑랑(Pf)

몽골인은 시력이 좋은 것으로 유명하다. 검색창에 '몽골'을 입력하면 그 아래에 연관검색어로 '몽골인 시력'이 뜰 정도다. 드넓은 초원 생활과 컴퓨터를 자주 사용하지 않는 환경 때문에 보통 아주 멀리까지 볼 수 있다는 것이다. 음감은 시력에 비유할 수 있다. 포인트는, 아주 넓은 스펙트럼이 있다는 것이다.

'음악을 전공하려면 절대음감을 가지고 있어야 하나요?'라는 질문을 종종 마주친다. 절대絕對라는 강력한 느낌의 한자어 때문에 절대적으로 가지고 있어야 할 것 같지만 그렇지는 않다. 흔히 절대음감과 상대음감을 짝지어 이야기하는데 쉽게 표현하자면 꾀꼬리 울음을 들고도 "아, 도(c)네." 하면서 음을 콕 집어 말할 수 있으면 절대음감, 우선 기준점 라(a)를 듣고 나서 꾀꼬리 울음을 듣고 "아, 라에서 이만큼 더 높은 음이니 도네."라고 상대적인 음 사이 거리를 파악하는 경우를 상대음감이라고 한다. 고등학교 음악 이론 수업에서 들은 내용이 아직 바뀌지 않았다면 두 음감이 섞여 있는 경우가 대부분이다. 어릴 때부터의 훈련량이나 환경에 따라, 혹은 필요에 따라 두 능력을 다르게 개발하고 이용하는 셈이다.

여기까지가 감感에 대한 이야기라면, '력力'에 대한 이야기는 따로이다. 시력처럼, 얼마나 작은 소리, 미세한 소리까지 구분하는가 하는 청력이 음악에서는 중요하게 작용한다. 왜냐하면 자기가 얼마나 작은 소리를 내고 있는지, 혹은 얼마나 큰 소리를 내고 싶은지를 자기 귀로 평가하고 그것을 악기나 목소리로 구현해 내야 하기 때문이다. 지휘자쯤 되면, 귀로 모든 음악 생활을 한다고 말할 수 있다. 손은 거들 뿐.

음감에 관해서 들은 가장 흥미로운 이야기로는 예술고등학교 친구의 언니 이야기가 있다. 자매가 음악을 전공했는데, 친구도 음감이 좋은 편이었지만 그 친구 말로는 언니에게는 모든 음이 계이름으로, 실시간으로 들린다는 이야기였다. 예를 들어, 리하르트 슈트라우스의 오케스트라 작품 〈자라투스트라는 이렇게 말했다〉의 도입, 7번째 마디에 나오는 화성을 듣는다면 누군가 큰 소리로 "미플랫-도-솔-파-레-라플랫-파-파…." 이런 식으로 계이름으로 한꺼번에 부르는 것처럼 들려서 힘들어한다는 것이었다. 음악을 전공하는 내내 처음 보는 악보를 빨리 읽어 노래 부르고, 선생님이 치는 짧은 피아노 선율을 받아 적는 '시창, 청음' 수업이 필수였기에, 그 힘들다는 주장은 투정으로 들렸지만, 흥미롭기는 했다. 고등학생 특유의 과장이 섞여 있었을까? 그 언니는 지금도 모든 예능에 나오는 클래식을 계이름으로 듣고 있을까?

'계이름 언니'를 몽골인에 비유하자면, '음의 높낮이 구분을 힘들어하는 사람' 중에서 그 정도가 심한 사람을 세상은 음치라고 부른다. 그렇지만 시력과 마찬가지로

'정도의 문제'이지 완전히 하나도 모르겠다는 경우는 드문 것 같다. 또, 귀로는 구분하지만 노래할 때 음 조절을 힘들어하는 경우도 있다. 이런 경우는 억울하게 음치로 몰리는 케이스다.

몽골인처럼 시력이 뛰어나야 미술 감상을 잘하는 게 아닌 것과 마찬가지로, 음악 감상도 음감이나 청력에 비례해 잘 되는 건 아니다. 음악 감상은 내가 만들어낸 '심수봉 테스트'만 통과하면 조건 만족이다. 〈그때 그사람〉을 노래방에서 원곡과 비슷하게 부를 수 있으면 통과! (정확하게는 부점*도 선율 진행도 쉽지 않다. 어디까지나 대략적으로 완창하면 된다.)

●   음표나 쉼표의 반만큼의 길이를 더한다는 것을 표시하는 점.

로봇이 아니라서

인터넷 사이트를 다니다 보면, 내가 로봇이 아닌 인간임을 증명해야 할 때가 있다. 로봇이 아님을 증명하기 위해 아홉 칸으로 나누어진 사진에서 신호등을 골라내기도 하고, 횡단보도를 클릭하기도 한다. 가끔은, 선에 걸쳐져 있는 자전거를 두 칸 다 표시해야 할지 어떨지 고민한다. 그리고 '로봇이 아닙니다'라는 문구 옆에 마우스를 올려 체크하면 내 '인간 증명'은 끝난다.

클래식 음악 악보에 대해서라면, 로봇은 완벽하게 연주해 낼 수 있다. 아마 지금도 프로그램만 조금 손보면 연주자 스타일 별로 모든 악보의 음을 깔끔하게 '클린 연기'하는 것처럼 연주를 출력해 낼 수 있을 것이다. 어쩌면 내로라하는 클래식 애호가들도 프로그램에 속아 연주자를 헷갈리거나 작곡가를 헷갈리기도 할 것이다. 그런 '로봇 연주자'들은 긴장도, 실수도, 걱정도, 후회도 하지 않을 것이다.

그런 세계 안에서, 이 글들을 썼다. 230여 년 전에 죽은 모차르트 같은 사람들을 궁금해하면서, 중세부터 내려오는 음계들을 읊조리면서. 많은 이들이 영혼을 상상하듯이 나도 공연장에 우리와 함께 앉아 있는 작곡가들을 떠올렸다. 무술을 배우기 위해서 비를 쓸 듯 완전히 도제식인 이 클래식적的 교육 방식을 통해 여전히 숨 쉬는 그들의 이야기를 들었다. 여기 네 명의 작곡가, 그리고 그들의 음악을 연주해 온 하늘의 별처럼 많은 '인간 연주자'들 모두는 누구보다 뜨겁게 긴장하고, 실수하고, 걱정하고, 후회했다. 그럼에도 작곡과 연주를 계속했다.

그리고 감상도.

삶 속에서 이 이야기들을 만나는 시간은 힐링일 수도, 도피일 수도, 즐거움일 수도, 공부일 수도, 아픔이나 괴로움일 수도 있을 것이다. 무엇보다 외로울 때 이 음악들은 확실히 친구가 되어줄 것이다. 당신이 로봇이 아님을, 확언해 줄 것이다.

로봇이 아니라서, 못 지낼 때가 많아서, 인간에겐 이런 선율들이 필요했었다.

나와 잘 지내는 시간 08

클슐랭 가이드

1판 1쇄 인쇄　　2026년 4월 20일
1판 1쇄 발행　　2026년 5월 10일

지은이　　　　양경원
펴낸이　　　　김원자
펴낸곳　　　　구름의시간

편집　　　　　김원자
교정·교열　　　유지은
디자인　　　　류지혜
인쇄·제책　　　(주) 성신미디어

등록　　　　　2021년 11월 11일 (제2021-000149호)

모바일팩스　　050-8952-7472
이메일　　　　cloudtime2022@naver.com

ISBN　　　　979-11-995002-3-5　03810